TRADUÇÃO

Drump Goo

A VIDA ADULTA DE TOULOUSE LAUTREC, POR HENRI TOULOUSE LAUTREC

SUMÁRIO

09 1. O caso da bobalhona assassinada

28 2. Ansiando por coisas melhores

35 3. O desespero dos pobres

46 4. A criação do mundo

76 5. Como o amor pode levar os jovens ao assassinato

92 6. O futuro

110 7. A vida de Johnny Rocco

"Faça sentido", disse Fielding.
"Conte a verdadeira história da sua vida.
Só você pode contar a verdade!"
"Não quero fazer nenhum sentido", respondi.

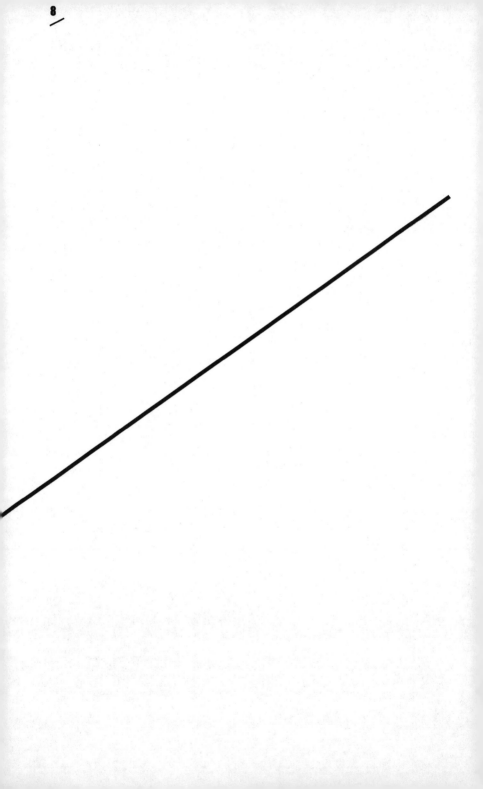

1

O CASO DA BOBALHONA ASSASSINADA

*Sou um monstro horrível,
feio demais para sair pelo
mundo.*

"Toulouse", diz Vincent. "O que você vai fazer com a sua vida? Como vai conseguir ganhar dinheiro? Você é uma besta deformada e aleijada. Dê uma olhada no seu peito peludo, na sua cabeça gigante. Suas pernas são longas e finas. Você achava que só porque os seus pais são ricos, teria o mundo de mão beijada. O dinheiro controla tudo neste mundo.

"Só que não é porque seus pais têm dinheiro que você tem dinheiro."

"Não estou nem aí", resmunguei.

"Como você vai ficar famosa e ser fodida?[1] Você pinta tão mal. Você pode ser uma grande pintora, Toulouse, mas é mesmo uma pintora ruim. E é isso que importa: a qualidade.

"O que você precisa é de um homem, Toulouse, e nunca vai conseguir. Vai ter que ficar sozinha pelo resto da vida."

---

[1] Acker usa os gêneros das personagens de maneira deliberadamente fluida, aqui trazendo figuras históricas masculinas representando papéis de mulheres, em especial explorando a ausência de flexão de gênero inerente ao inglês, mantendo suspensa a identidade ao longo do texto. A escolha da flexão aqui se deu conforme o contexto, quando necessário, mantendo a suspensão quando possível. [N.T.]

"Imbecil!", berrei a plenos pulmões. "Acredito que os artistas podem fazer tudo! Conhecer todas as alegrias e misérias e terrores e tudo o que é útil, porque não têm que sofrer! Mesmo que eu mal consiga andar, esteja sempre com dor, esteja sempre famita.

"Eu só penso em sexo. À noite, várias noites, me deito sozinha na cama: visualizo a perna direita de todo homem gostoso que vi na rua, as dobras dos tecidos em cima e em volta do ooo ooo... Eu sofro e sofro e sofro. Sinto um enorme buraco no corpo. Visualizo um homem de quem eu gosto pronto para enfiar o caralho na minha bucetinha quente.

"Eu achava que ser coxa significava sentir dor o tempo todo. Eu aguento a dor. Agora que sei que nenhum homem me deseja, mal consigo viver.

"Foda-se a arte, Vincent."

Nesse momento, Norvins, a proprietária do restaurante, vem na nossa direção. Ela é a dona do bar mais agitado de Montmartre. No fundo do bar há um bordel. Sua melhor amiga é Theo, uma jovem professora.

"Querida", Theo olhando para Vincent cheia de desejo, "estamos tentando organizar uma festa. Vai ser aqui atrás em uma hora. E precisamos de ajuda..."

Nesse momento, uma garota vem correndo até elas. "Norvins", ela grita, "você tem que me ajudar. Acabei de presenciar um evento horrível. Acabei de ver um assassinato. Um ASSASSINATO! Eu mesma..."

"Ela é mentirosa", Theo me diz em um sussurro alto.

"Não sei o que fazer. Acabei de..."

"Tenho trabalho a fazer", diz Norvins, e se afasta de nós.

"Sua mentirosa", Theo encurrala a garota. "Nunca acredito no que você diz em sala de aula. O que está fazendo neste bordel, afinal de contas?"

"Eu acabei de dizer que vi um assassinato..."

"Tenho que ajudar Norvins com a festa..."

Ela se vira e dispara para o fundo do bar antes que sejamos capazes de impedi-la.

"Arte", eu digo. A sala rodopia à minha volta: o bar preto estremece e gira.

"Arte", eu continuo. "Sou tão insuportavelmente carente e cheia de desejos que não consigo pensar em arte. Quem consegue pensar em arte nesta cidade infeliz? Penso tanto em sexo que minha arte tem que ser sexo. Penso em sexo o tempo todo, e tento me conter. Digo a mim mesma que preciso ser mais forte. Estou sozinha. Deveria me deleitar na minha solidão. Sinto dor. Deveria me deleitar na minha dor. Não deveria querer tanto estar com outra pessoa. Se pensar demais nessa situação infeliz, vou perceber que estou a ponto de me matar."

De repente um belo homem entra no bar, apressado.

Veronique, Berthe e Giannina vêm correndo até Vincent e mim. "Onde está Norvins?", elas carcarejam. "Li na *Crime* que esse cara mete na narina esquerda da namorada", Berthe balbucia.

"Cala a boca, Berthe", Veronique se apressa a dizer. "Temos que buscar maçãs para a festa de Norvins. Vamos ter que pescar maçãs com os dentes."

Estou olhando para o belo homem; encarando o belo homem; enviando toda vibração possível para que ele saiba que o desejo e apenas a ele. Ele tem cabelos vermelhos. Maçãs do rosto salientes. É mais velho do que eu. A mão direita está perdida nos cabelos curtos e pretos da minha cabeça. A mão esquerda toca a minha face. Posso sentir a porra quente jorrando da boceta.

O bar rodopia e rodopia à nossa volta.

"Escuta aqui, seu bêbado arrombado filho da puta", anuncio, "você tem que me comer. Se não me comer, vou explodir todos os cortiços da ralé de ratos de Montmartre. Os policiais vão se cagar todinhos. Não vão ter mais nada para fazer. Se você não me comer, sr. Belo, juro que vou dar um chute na sua pica nojenta. Você não pode me tratar como um pedaço de merda."

"Acho você extremamente bonita."

"Me come. Me come. Me come. Me leva pro Brasil. Me leva pra Argentina. Me leva pra cama. Você é a única pessoa ou coisa capaz de me fazer feliz. Pode me levar ao êxtase agora mesmo."

Jogo os braços para cima, pulo na mesa. Minhas pernas coxas encolhidas embaixo de mim.

"Sou muito velho para você..."

"Enjoei de homens jovens. Eles sempre me fodem."

"Só consigo te comer três vezes por dia. Sei que não é muito, não para uma mulher com sua extrema..."

"Estou apaixonada por você. Quando estou apaixonada, que importam coisinhas como foder, idade avançada e falta de dinheiro? Você tem dinheiro? Vai me bancar? Me deixar ser a sua criança? Eu nunca tive pais. Eu te amo. Eu te amo. Quando você vai me comer? Agora?"

"Você deve ter tido uma infância difícil. Dá para perceber pela dificuldade com que expressa os seus desejos. Escuta, querida, vou te comer com tanta força que você nem vai saber o que está acontecendo. Vou enfiar meu pistão latejante na sua boceta na sua bunda no seu cu nos buracos entre os seus dedos nas suas narinas em cada milímetro das suas orelhas nas suas mãos nos seus peitos no espaço entre seus peitos caídos na sua boca nos seus olhos nos seus sovacos suados no seu umbigo a cem quilômetros por hora trezentos quilômetros por hora três milhões de quilômetros por hora. Tão rápido que meu pau nunca vai sair de dentro de você. Vai ter sessenta, noventa centímetros. E você vai sentir cada um deles, querida."

Vejo o pau dele me seguindo por todo canto: pela Champs-Élysées, por Montmartre, pelo Sena. Um enorme pau dourado de no mínimo cem centímetros de comprimento. Um metro, ou melhor, dois.

"E enfim você vai parar de se contorcer, querida, porque vou te fazer gozar tanto, e tão forte, que você só vai gozar e gozar e gozar, tudo o que vai fazer é gozar. Bem devagar, com a maior suavidade possível, vou lamber cada parte do seu corpo, bem devagar, até minha língua chegar no seu grelo. Seu grelo intumescido, gotejante, saltando dos grossos lábios vermelhos. A língua vai ser uma ponta; fazendo toc toc toc, martelando um pequeno metrônomo no seu clitóris. Seu corpo todo vai começar a se arrepiar, então..."

Carne úmida fumegante.

Bafo quente ofegante a meu lado. Seus lábios me beijam com tanta delicadeza que mal percebo que estou sendo beijada. Não sinto uma paixão louca. Sinto que ele me ama.

Não tenho certeza se ele quer me comer. A língua dele se movimenta entre meus lábios. Raspa levemente minha língua. Minha boca mal sente. Imagino que ele queira me comer. Sinto muita ternura por ele. Uma ternura que me abre fisicamente. Vou me apaixonar?

A cabeça vermelha dele se esfrega contra a minha. Esfrego meu ombro direito contra o ombro esquerdo dele, como amigos. Quero que ele sinta amor por mim. Vou esperar até que sinta amor por mim. Ele me beija cada vez mais forte. Vai me amar. Vai me levar para sua caverna quente e secreta. Devagar, começo a lamber sua orelha direita. Ele se arrepia e geme. Estou aberta. Quero tanto que ele me ame. Suas mãos deslizam para cima e para baixo na parte de dentro da minha perna.

"Querida", ele está dizendo, "vou te comer e ficar com você. Mas não ainda. Antes disso, você vai ter que sofrer. Vai ter que aprender o significado do sofrimento. Um dia você irá me encontrar; e então, será o fim do mundo. Porra. Porra. Porra. Porra. Eu te amo tan..."

Ele pega a calça e corre para fora do bar.

Não posso segui-lo porque sou coxa.

"Essas malditas putas." O corpo imponente de Norvins me faz tremer e desmaiar. "Você viu Giannina por aí? Aquela puta resolveu sumir logo agora. Ela é a única que sabe colocar as maçãs direito no barril de pesca."

"Não vi Giannina."

"E o que aconteceu com aquela bobalhona que disse que viu um assassinato?"

"Saiu correndo para os fundos."

"Ela só quer chamar a atenção. Esquece essa boba. Lá está Theo." Ela sai correndo.

Sou um monstro horrível demais, feio demais para sair pelo mundo. Se vivesse com um homem, teria alguém para me dizer se sou horrível. Agora não tenho como saber se sou horrível ou não. Estou extremamente paranoica. Não quero ver ninguém. Sou outro fracasso artístico de Paris. Não sou sequer anônima. Tudo que quero é trepar o tempo todo com alguém que eu ame e que me ame também. Porra. Porra. Porra. Porra. Porra. Ninguém jamais vai me comer porque sou aleijada e horrível.

Não sei me apresentar adequadamente. Quando estou com outras pessoas, me comporto ou como uma chinesinha insípida e inconstante ou como um buldogue chicoteado e agressivo. É uma imagem. Obviamente ninguém quer se apaixonar por mim. Sou infeliz, completamente infeliz. Tenho um buraco dentro de mim que o trabalho não preenche. Tenho que trabalhar com mais afinco. Sou esquisita demais. Por que nasci aleijada?

Talvez um homem me ame se eu pagar por isso.

Aqui, todas as mulheres sabem de tudo. Sabem que, se não abrirem as pernas, nenhum homem irá notá-las; quando abrem as pernas, são comidas, não amadas. São usadas. Sabem que têm que recorrer ao bordel.

Elas se bandeiam em massa para o bordel no fundo do bar de Norvins. Todos os meninos bonitos estão lá, ganhando o pão de cada dia. Meninos bonitos; garanhões; homens feios e gostosos. Sempre que há uma festa no bordel de Norvins, ela vira o assunto da cidade.

Detesto pagar por amor.

"Bem, querida", Norvins diz a Paul, "já estava na hora de você aparecer aqui. Sua roupa está maravilhosa. Você vai ter de instalar seu espelho atrás da bola de cristal, para poder refletir Giannina, que está se disfarçando de vários homens. Toda vez que você precisar mostrar a alguma dama com tesão um futuro namorado, Giannina aparecerá no cristal."

Paul Gauguin é a faxineira do bordel.

"Aquela é a bobalhona que vive mentindo?", Norvins sussurra para Theo. "A presença de crianças num bordel é imoral. Tirem essa garota daqui. Ou melhor: escondam essa boba na biblioteca, em frente à sala de jantar."

"Não seja ridícula, querida. Você só está com inveja porque é velha demais para se vestir de criança."

"Tome isso aqui." Norvins entrega uma vassoura a Theo.

"Tenho que apresentar os prêmios da pesca de maçãs."

Todos ao meu redor são casais. Eles riem e se beijam. É nojento. Não suporto essa solidão. Esta festa. Vou mancando até um dos prostitutos, e pergunto se está ocupado.

Cinquenta dólares a hora, querida.

Estremeço. Que nojento. Que doloroso. O amor é a única revolução, o único jeito que tenho para escapar dos controles econômicos da sociedade. Não consigo pagar alguém para me amar de verdade.

Agora esse puto sórdido acha que o desejo. Agora, está esfregando a parte interna de minhas coxas. Adoro ser tocada ali. Não quero ceder a esse toque nojento e sem emoção. Não quero ceder a nada. Estou ardendo. "Some daqui", grito. "Some daqui. Escroto. Não quero você. Mesmo que tenha pagado por isso."

Graças a Deus ele não me dá ouvidos. Sou forte: posso cuidar de mim mesma. Ele coloca os braços ao meu redor. Pelo menos por um momento serei capaz de relaxar. Estou delirantemente feliz. Pensando no tanto e no quanto vou me magoar. Vou me queimar. Vou me queimar por inteiro. Seus braços me seguram com um calor real que faz com que a dor que sinto o tempo todo desapareça. Não estou mais pensando. Estou nos braços dele para todo o sempre.

Tudo que faço é sentir: os lábios suaves dele roçando os lóbulos de minhas orelhas e meus cabelos grossos e curtos, o que faz meu couro cabeludo se arrepiar. A minha testa. As sobrancelhas. As pálpebras. Os cílios. A pele entre as sobrancelhas. As costeletas. Me sinto tão quente e segura, quero dar a ele tudo que sou, quero esquecer de mim: viro meu rosto confiante na direção do dele, para que meus lábios totalmente abertos, desejosos, sintam os dele, eu não sei dizer o que sinto. Sinto a umidade da boca dele. Sinto meu corpo ansiar e se esfregar contra o dele.

Conforme ele tira a roupa, me enrolo em seu grande pau vermelho. Esse pau vai fazer o mundo mudar por inteiro. Abocanho esse pau, o mais fundo que consigo, estou testando; então solto, para que possa lamber a ponta, para que possa molhar a mão direita, que serpenteio para cima e para baixo no liso e escorregadio caralho. Estou dando prazer a ele? Suas mãos agarram minha cabeça. Empurram minha cabeça na direção do pelo vermelho e encaracolado. Cada vez mais o pau bate no fundo da minha garganta. Meus dedos sem ritmo tamborilam o caralho com leveza e força. Minha língua sem ritmo se move com leveza e força pelo longo e duro pau.

"Estou te comendo por dinheiro", ele me diz. "Estou te comendo por dinheiro."

Primeiro ele deita em cima de mim e me come. Depois nos deitamos de lado e trepamos. Então ele deita em cima de mim e me come alternadamente a boceta e o cu. Eu gozo e gozo e gozo e gozo. Ele se mexe bem devagar quando está gozando. Não olha para mim em nenhum momento. Cai no sono abraçado a mim.

"Qualquer homem me comeria", Giannina conta a Veronique em privacidade total, "uma ou duas vezes. Mas é como trepar com os homens dos pornôs que eu faço. E nos filmes ganho pra trepar."

Veronique suspira.

"A trepada é sempre incrível. Gozo pra caralho, uma, duas vezes, gozo e gozo e gozo. O cara jamais liga pra mim. A única diferença entre os artistas com quem trepo e os garanhões dos filmes é que com os garanhões eu consigo conversar."

"Eu quase nunca gozo." Giannina engasga, espantada.

"Preciso trepar com caras que me comem bem devagar, por um bom tempo, então vem tudo de uma vez. Eu tremo e tremo e tremo."

"Veronique", diz Giannina, "acho que estou me apaixonando por Jim."

"E qual o problema?"

"Ele não quer me ver de novo. Não gosta de mim. Não entendo o motivo. Nós adoramos trepar."

"É só paranoia sua. Tive a minha pior semana em um bom tempo, sou tão paranoica. Somos as duas paranoicas porque somos de Áries."

"Eu estava deitada no sofá com Jim. Vendo TV. Senti que estava em casa com uma pessoa calorosa. Isso não me acontecia há meses: ficar com um cara e não só foder, foder e foder."

"Jim está se acertando com Linda. Quanto mais casado, mais pudico ele fica. Está largando todas as namoradas."

"Nossa, William é um gato. Está sempre com tesão."

"Tive a impressão o tempo todo de que ele estava prestes a pular em cima de mim. Ele estava bêbado pra caralho, por isso deixou transparecer algum sentimento. Esta vida nos mantém sozinhas, Giannina. O que esses artistas realmente querem é travesseirinhos. Travesseirinhos femininos, macios, suaves e doces. Nós não podemos ser assim. Temos nosso próprio trabalho. Somos garçonetes."

"Cada vez que me magoo, eu me fecho."

"Você age como se não precisasse de ninguém."

"Quanto mais descubro que consigo viver sozinha, menos tenho vontade de lidar com homens mais jovens, fracos, sem forma. Os mais velhos nunca têm qualquer sentimento. Não por mim."

"O problema é que continuamos tendo imagens daquilo que desejamos. Não deixamos que nossas emoções tomem conta."

"No fim da festa", estou contando para Poirot, "ela estava morta."

"Onde ela morreu, Toulouse?"

"Foi no fim da festa. Veronique disse: 'Onde está aquela bobalhona que Norvins odeia? A que fica dizendo que viu um assassinato? Será que se perdeu?'. Começamos a procurar por ela.

De repente, Paul berrou. Havia um corpo pendendo para fora no barril de pesca de maçãs."

"Vocês sempre pescam maçãs? Quem teve essa ideia?"

"Não sei. Mas ela deve ter sido assassinada durante a festa." Estávamos sentados no pequeno apartamento de Poirot na Rue de Ganglia, em Paris. Apenas um criado, George, frequenta o apartamento. Poirot pensa por um instante.

"Como é essa Norvins, a dona do bar?"

"Uma boa pessoa. Eficiente. Rígida com as garotas e os putos, mas tem que ser assim. Parece uma dama da sociedade. Veronique, Berthe e Giannina são as garçonetes dela."

"Norvins conhecia a vítima?"

"Por alto. Ela a via como um 'aborrecimento'. Theo e Paul também. Não é possível deixar uma garota entrar e sair de um bordel como ela bem entende."

"Quem exatamente estava na festa e como é a planta do local?"

"As pessoas de que já falei. Theo, uma jovem professora; Paul, que estava vestida de bruxa e lendo o futuro de todo mundo; Vincent, minha amiga; e todos os putos de Norvins, que são todos o mesmo. Era basicamente a festa deles. Havia também outras duas professoras, Rousseau e Seurat. Nós as chamamos de professoras porque elas são muito boas, mostram aos putinhos o que fazer."

"Alguma dessas pessoas tinha algum problema com a garota morta?"

"Como poderiam? Ela era tão cheia de merda. Vivia dizendo que tinha visto um assassinato, mas ninguém acreditava."

"Talvez ela tenha visto um assassinato." Poirot alisa o bigode como um gato grande e gordo. "Ela disse quando tinha visto o tal assassinato?"

"Não sei."

"Como é a planta do bordel?"

"Assim:

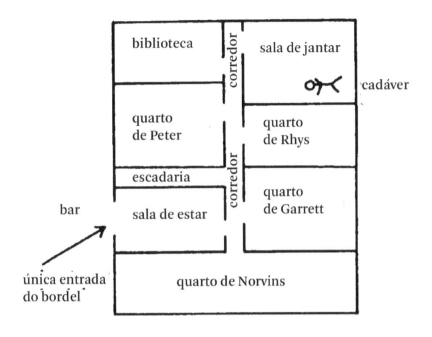

Será que vou me matar se não arrumar um homem? De que me importa quem matou a bobalhona? Qual era o nome dela? Marie.
Poirot vai descobrir tudo. Ele é meu pai.
Eu moro sozinha. Vou ter dinheiro suficiente se minha mãe rica continuar me enviando. Ela tem dó de mim porque sou coxa.
Neste mundo, é melhor ser coxa do que apenas uma feiosa esquisita que escreve livros.
Toda noite me deito na cama e me sinto infeliz. Olho para o lugar vazio ao meu lado. Quando quero colocar a cabeça no ombro de alguém, eu... Quando quero descobrir se é possível não me mostrar uma aleijada feia, eu pergunto... Quando quero sentir o peso de alguém batendo em mim, me machucando, carne nua fluindo contra carne nua, carne nua jorrando na carne nua, eu... Quando sofro e

sofro e sofro; eu sempre sofro; todo dia eu sofro; eu... Preciso de um homem porque amo os homens. Amo aquelas peles grossas e ásperas. Amo o jeito como eles sabem completamente de tudo, então não tenho que saber de nada. Eles na verdade não sabem de tudo, mas vamos deixar isso pra lá. Eles me dominam; me tratam mal; e de repente o peso da minha própria agressão é retirado de mim. Posso ir mais longe. Posso explorar mais. Eles são masculinos, o que significa que conhecem certa sociedade, essa respeitosa sociedade morta que é a sociedade deles, com a qual sabem lidar. Então não tenho de lidar com ela. Não quero. Eles me proporcionam uma base em uma sociedade da qual me sinto alheia. Do contrário não tenho motivo para estar neste mundo.

Não consigo pegar um homem a menos que haja dinheiro envolvido. Descobri no bordel.

Talvez isso seja apenas porque sou muito feia.

"Devo sequer me dar o trabalho de ver as pessoas?", pergunto a Poirot.

Poirot está perplexo.

"Sempre que vejo as pessoas, acabo não aguentando. Elas deixam meus nervos à flor da pele. Não aguento ver as pessoas porque sei que elas me odeiam."

"Você matou a garota?", pergunta Poirot.

"Não gosto mais dos meus amigos. Não quero ver mais ninguém. Quero ficar sentada sozinha e jogar xadrez.

"Eu tenho que pintar. Tenho que pintar cada vez mais, fazer algo bonito, criar alguma coisa para acabar com essa infelicidade, essa exaustão..."

"Falta a você uma mente analítica. Você é emocional demais para ter planejado esse assassinato."

"A polícia finalmente pegou o irmão de Norvins", Berthe exclama. "Ele foi condenado à morte, e tudo que fez foi roubar."

"Tudo que eu faço é brincar comigo mesma. Não ligo para a política."

"Quando o policial prendeu Clement, Clement deu uma garrafada na cabeça dele. O que você acha? No julgamento, Clement disse: 'O policial me prendeu em nome da lei, eu bati nele em nome da liberdade'."

"Berthe, você acha que é melhor trepar com um homem por dinheiro ou só trepar de graça?"

"Daí Clement disse: 'Quando a sociedade lhe nega o direito de existir, é preciso tomá-lo'."

"Eu trepo do jeito que der. Adoro trepar."

"Outro dia, os policiais prenderam Charles Gallo."

"Ahn", diz Giannina.

"O anarquista que jogou uma garrafa de ácido no meio da Bolsa de Valores; deu três tiros de revólver na multidão e não matou ninguém. Quando os policiais o pegaram, ele falou: 'Viva a revolução! Viva a anarquia! Morte aos juízes burgueses! Viva a dinamite! Seu bando de idiotas!'."

"Esse tipo de coisa não é da nossa conta. Nós somos mulheres. Sabemos de nós, das nossas bocetas, não das bobagens que você lê nos jornais. Quem você acha que matou a garota?"

"Provavelmente alguém que vive no mesmo inferno que nós. Claro que somos garçonetes. Fazemos parte do mercado da carne. Somos a carne. É assim que somos amadas. Somos enfiadas no forno. Queimamos a bunda porque o sexo, como tudo mais, sempre tem a ver com dinheiro."

"Eu não gosto de pensar e não confio nas pessoas que pensam." Giannina beija a orelha direita de Berthe.

"Se vivêssemos em uma sociedade sem patrões", Berthe diz com ar sério, "treparíamos o tempo todo. Não teríamos que ser imagens. Bocetas especiais. Poderíamos trepar com todos os artistas do mundo."

"Eu gostaria de trepar o tempo todo."

"Minha heroína é Sofia Perovskaya." Giannina passa a língua lentamente pela orelha de Berthe. "Cinco anos atrás, 1º de março. A organização Vontade do Povo, da qual ela fazia parte, matou o tsar Aleksandr II. Enquanto morria, ela se regozijou, pois percebeu que sua morte traria o sopro fatal para a autocracia russa."

Giannina sopra no ouvido dela. "Eu gostaria de ter a coragem de seguir aquela mulher."

"Eu quero ser puta."

"Você não entende o mundo em que estamos vivendo?", Berthe grita. "No domingo, 21 de maio, o primeiro destacamento de tropas de Versalhes entrou na capital. Pegou a Comuna de surpresa. O exército de Thier, feito de prisioneiros de guerra e recrutas provincianos, atirou em todos que viu pela frente. Mataram 25 mil pessoas. Os comunardos, em retirada de Paris, queimaram tudo que conseguiram. O marechal Mac-Mahon, do exército de Versalhes, declarou que a ordem havia sido restaurada. A morte da Comuna de Paris foi a morte do poder revolucionário dos trabalhadores. Agora nós temos que abrir mão de nossas próprias vidas se quisermos provocar alguma destruição nesta sociedade."

Giannina beija Berthe de novo e de novo. Bem devagar, sua língua entra na boca vermelha de Berthe.

"Queremos homens!", as duas pensam. "Seja um homem para mim! Me come. Me come. Deita em cima de mim. Mete em mim. Queremos mulheres!"

O calor e a necessidade de calor aproximam uma da outra.

Elas estão confusas. Nenhuma tem certeza se quer a outra, ainda que o suor jorre das carnes e os músculos das bocetas estejam relaxando, se abrindo com a agonia do desejo.

Carne nua contra carne nua. Lábios nus contra lábios nus. Boceta nua contra boceta nua. Coxas nuas contra coxas nuas. Ombros nus girando ao redor de ombros nus. Seios nus contra seios nus.

"Giannina", Berthe murmura, "às vezes eu te odeio. Você é tão bonita que os homens estão sempre melando a calça por você. Eu nunca conseguiria ser tão bonita. Quando estou com você, às vezes me sinto feia." Sua língua passa por um breve momento pelos mamilos doloridos.

A boca inteira vai ao mamilo e o chupa.

O cabelo encaracolado da boceta, entre as coxas, ao redor dos grandes lábios, na racha vermelha da bunda, toca os grossos rosados grandes lábios, toca os pequenos lábios vermelhos dentro dos grandes lábios, toca a fruta vermelha em uma das pontas dos pequenos lábios, cujo interior intumesce se é roçado suavemente o bastante, toca os músculos e nervos espiralando como um canal longe dos vermelhos pequenos lábios. O dedo de Berthe desenha uma lenta espiral cor-de-rosa contra a carne macia e submissa dos seios. As pontas dos dedos da mão direita seguram o pesado seio caído. O mamilo se esfrega na palma da mão.

"Giannina, eu não quero. Acho que estou me apaixonando por você. Me ajuda a não me apaixonar, não me deixe ser queimada, estou com medo de começar a amá-la demais."

Os lábios cor-de-rosa da boceta arregaçados. Os dedos de Giannina tocam.

As finas fatias da membrana vermelha.

Quando Giannina toca a membrana, de leve, muito leve, vê a membrana se contrair, a boceta inteira tremer. Suspiro. De leve, move o dedo do meio pela dobra principal...

Ela escuta Berthe gritar e gritar. Berthe grita e grita. Está em um mundo composto apenas de sensações. Não sabe de nada que não seja o que sente. Rola por aquela maravilhosa massa de carne e ossos, gritando e não gritando, os nervos se esfregando em quentes, úmidos, grossos cabelos. Ela se contorce gira treme estremece vira roda sobe quica torce revolve arfa. Sua noção de equilíbrio enrolada em Giannina.

Trepando. Trepando. Trepando. Sentindo todas as sensações possíveis, que são necessidades no mundo.

Giannina é a gata. Joga-se contra Berthe porque a deseja. Joga o corpo contra o corpo de Berthe porque quer se aquecer no calor de Berthe. Na segurança de Berthe. Berthe vai transar com ela. Berthe parece tão grande. O cabelo flamejante de Berthe. Os olhos azuis de Berthe. As mãos enormes de Berthe. Berthe irá protegê-la: ela pode se abrir totalmente para Berthe...

Sua boceta se abre para a boceta de Berthe. Para todo o corpo de Berthe que vai entrar nela. A boca aberta. Os olhos abertos. Os braços abertos, apalpando a carne pesada e úmida. As pernas abertas. Arreganhadas. A barriga rasgando. O abdômen inteiro se abrindo. O útero...

"Estou assustada. Quero você. Isto é o sol. Quero você", Berthe guincha.

"Se você fosse homem, eu poderia te amar", diz Giannina.

A Paris de 1886, apesar da surpreendente e dolorosamente curta presidência do radical René Goblet, é a Paris dos conservadores; do general Boulanger; dos oportunistas que transformam Paris e a França num império só rivalizado pelo da Grã-Bretanha; da depressão causada pelo aumento da importação de trigo estadunidense e australiano, pela destruição generalizada das vinhas pela filoxera, pela falta de recursos naturais como o carvão, necessários nesse início de período industrial. Um decreto publicado em julho de 1886 proíbe os herdeiros de Orléans e Bourbon de pisarem em solo francês. O general Boulanger, o novo ministro da Guerra, expulsa o duque d'Aumale e o duque de Chartres do Exército. O general no cavalo negro é tão charmoso! Bismarck, um pouco precipitado demais, encarcera um proeminente e inominável francês. Boulanger consegue soltá-lo! Mas as pessoas ainda sofrem com a fome em toda parte: as greves vêm aumentando especialmente nas indústrias de ferro, de aço e mineira.

O que podemos saber de tal período?

Uma greve e um assassinato particularmente brutais ocorrem na comuna mineira de Decazeville.

O incidente mais importante do ano, ao menos para nós, não acontece na França, mas em Chicago, nos Estados Unidos. A cidade mais industrializada do mundo. Uma cidade que é uma fábrica gigante. Na França, os trabalhadores ainda apoiam os patrões. Querem ser pequeno-burgueses. O novo partido marxista, ainda muito pequeno e composto por intelectuais, se divide entre os "possibilistas" e o Partido dos Trabalhadores Franceses. Em Chicago, os trabalhadores se unem.

Primeiro de Maio, 1886.

Trabalhadores celebram e se manifestam.

Uma greve acontece na fábrica de colheitadeiras McCormick.

Dois dias depois. Policiais de Chicago atiram nos grevistas durante um conflito na fábrica entre grevistas e fura-greves.

Anarquistas locais se reúnem na Haymarket, um grande espaço vazio em Chicago, a fim de protestar contra o tiroteio policial.

A reunião se desenrola de forma pacífica. Uma forte tempestade afasta a maioria das pessoas. A polícia ordena o fim da concentração. Samuel Fielden, um dos líderes do protesto, que ainda está falando, se opõe. Diz à polícia que a reunião é ordeira. O policial insiste. De repente, uma bomba explode na multidão.

Quem jogou a bomba?

O dia é de chuva, frio e ventania. Um policial e muitos outros ficam feridos. A polícia começa a atirar. Manifestantes e policiais são feridos e mortos.

A cidade entra em pânico! Terroristas bombardeadores vão tomar o poder! A polícia prende nove proeminentes anarquistas. Um deles, Schnaubelt, desaparece.

Outro, Albert Parsons, que estava foragido, se entrega à polícia para compartilhar o destino dos amigos.

Os réus anarquistas tentam usar seu julgamento para colocar o governo conservador estadunidense na defensiva:

SCHWAB (*um dos anarquistas*):
Exijo a palavra em nome de todos os réus.

JUIZ:
Não lhe concedo a palavra!

OS ANARQUISTAS:
Fale, Schwab, fale!

VÁRIOS JURADOS:
Meritíssimo, diga aos réus para calarem a boca.

O PROMOTOR PÚBLICO:
Os réus permaneçam sentados!

(*Todos os anarquistas se levantam e gritam.*)

JUIZ:
A corte não se deixará intimidar por esse tumulto. Declaro que, se houver a menor perturbação durante o julgamento, darei o veredicto de culpados aos réus.

VÁRIOS ANARQUISTAS:
Pode abreviar o julgamento! Nos julgue agora, sem permitir que sejamos ouvidos! Assim vai ser mais rápido!

OS ANARQUISTAS (*em massa*):
Condene todos nós! Todos! Todos!

A corte sentencia quatro anarquistas à morte.

A corte sentencia quatro anarquistas a longas penas de prisão.

Durante as sessões de apelação, Albert Parsons fala por oito horas. Samuel Fielden fala por três. Schwab clama por "uma sociedade em que todos os seres humanos façam o que é certo pela simples razão de ser o certo, e odeiem o que é errado pelo fato de ser errado".

Lingg (um terrorista de verdade, fabricante de bombas) manifesta desprezo pela "sua ORDEM, suas leis, sua autoridade amparada na força".

A corte não muda nenhuma das sentenças de morte ou prisão.

Minhas amigas, Vincent, Paul, Theo, estão morrendo de fome. Já eu estou morrendo por falta de amor. De repente também estou morrendo de fome porque minha mãe para de me mandar dinheiro. Me mudo para o bordel.

No último quarto do bordel de Norvins, um quarto pequeno e lúgubre no qual se infiltra ocasionalmente um fio de luz, vive um prostituto. Rhys Chatham é um ruivo alto, magricela, de peito enorme de jogador de basquete, ombros largos, olhos verdes, nariz fino e costas rígidas. Costumava trabalhar na polícia. Na verdade, era o superintendente da polícia de Paris. Um policial bom e honesto, pelo menos para um policial; por influência dos pais religiosos, apreciava o trabalhar duro e a honestidade. Mas também queria encontrar Deus, e Deus não está na força policial. Esta é a rebeldia e a maldade do caráter de Rhys.

"Masturbe-se na minha frente", Rhys diz para mim.

2

ANSIANDO POR COISAS MELHORES

"Você já ouviu falar daquela cidade, São Francisco?", Giannina pergunta a Vincent van Gogh um dia no bordel.

"Ahn", diz Vincent.

"Você sabe, o lugar onde vivem todos os criminosos e pervertidos. Eles sofrem bastante com terremotos, daí o governo dos Estados Unidos encoraja todos os desajustados do país a irem morar lá, na esperança de que algum terremoto acabe matando todos."

"Ahn", diz Vincent.

"Quero ir para lá, Vincent. Adoro Ron Silliman, um poeta estadunidense que mora em São Francisco."

"Giannina, você não deveria estar aqui no bordel. É só uma garçonete."

"Estou desesperadamente apaixonada. Vou me matar se não conseguir chegar em São Francisco. Talvez eu consiga me prostituir; ganhar dinheiro o suficiente para chegar em São Francisco."

"Você parece muito um gato. Não é dura o suficiente, e não gosta de pessoas o suficiente. Você é boa de cama, G., quando ama a pessoa e apenas quando ama a pessoa. Isso é um problema."

"Você também não é tão maravilhoso assim, garotão, e fiquei sabendo que tem alguns truques. Já vi você enlouquecer na cama comigo; adora o que eu faço com você; o que quer dizer quando diz que não sou boa de cama? Eu nunca amei você! De qualquer forma, você é muito jovem."

"Esse cara em São Francisco te ama?"

"Não sei nem se ele sabe quem sou."

Vincent solta um suspiro. Essas garçonetes sabem mesmo ser idiotas. "Giannina", ele geme, "não vá para São Francisco. Nessa cidade não existe esse negócio de amor. Estamos todos muito envolvidos em produzir nossa arte: quando trepamos, trepamos, mas, na verdade, trepar nem é muito importante..."

"Tudo que existe é arte...

"Giannina, somos todos amigos aqui...

"Giannina, você não pode atravessar meio mundo...

"Não pode correr para São Francisco atrás de um cara que nem sabe quem você é, nem te ama..."

Giannina, a gata, não está ouvindo esse papo-furado. É sensual demais para ser esperta. Não tem certeza do que quer. Tem uma ideia vaga na cabeça, um palpite de merda qualquer. Um vislumbre de um sentimento tão forte por alguém que nada mais existe. Uma possibilidade de viver em um mundo em que não esteja alheia o tempo todo. São Francisco!

São Francisco!

"Escute", Poirot diz a Rhys, o prostituto, "temos de usar o cérebro. Se não desvendarmos esse assassinato, mais assassinatos irão acontecer neste bordel.

"Quem poderia ter matado a garota?"

"Não sei", diz Rhys.

"Certo. De acordo com o relatório do legista, a garota foi assassinada durante a festa de Norvins. Alguém poderia ter vindo do bar ou da rua para a festa?"

"Não."

"Então foi alguém da festa..."

"Foi algum de nós..."

"Quem exatamente estava na festa? Alguém não gostava da garota?"

"Norvins estava lá. Vincent, Toulouse, Paul, todos os artistas que circulam pelo bordel. E os professores amigos deles: Theo, que é irmão de Vincent, e Père Tanguy, diretor da escola em que Vincent dá aula. Marie, a garota assassinada, frequentava essa escola. A família de Marie, mãe, irmão, e irmã, também estavam lá. Todos se prostituem e são mais velhos que Marie. Berthe, Giannina e Veronique. E todos nós: eu, Peter, Garrett. E Zidler, o puto advogado."

"Quem é essa gente?"

"Veronique, Berthe e Giannina são as garçonetes de Norvins. São burras demais para matar alguém. Peter, Garrett e eu somos os meninos de Norvins. A mãe de Marie, a irmã e o irmão às vezes trabalham para ela. Vincent van Gogh, Toulouse-Lautrec e Paul Gauguin são artistas que frequentam o bordel, porque trabalham muito duro e precisam se acalmar e se divertir para conseguir voltar a trabalhar. Theo e Tanguy são da turma deles. Zippy Zidler é o advogado de família de toda a vizinhança."

"O assassino deve ser uma dessas pessoas."

"Escute, Poirot, você tem que parar de pensar desse jeito. Todos aqui se amam."

"Odeio cada pessoa e coisa que conheço", confessa Giannina, a garçonete doida e estabanada. "Só penso em Ron.

"Em seu bigode loiro.

"Em seu pau não circuncidado. Nunca vi um desses.

"Em como ele fica assustado na cama, quando ama mesmo alguém, que não consegue nem mesmo ficar de pau duro.

"Agora ele está usando uma camisa de flanela vermelha, calças justas encardidas que fazem o quadril parecer largo. Ele tem um corpo engraçado, pesado e reto. Um chapéu caído sobre os olhos.

"É tão inteligente.

"É tão masculino; vai atrás de qualquer objetivo. Jamais insiste.

"É forte e silencioso.

"Sabe tantas coisas mais do que eu, pode me ensinar tantas coisas que não conheço.

"É tão seguro. Vai me dar alguma estabilidade. Sou muito volúvel.

"Ele não me ama, então vai ser cruel comigo para que eu o admire ainda mais.

"É menos sensual do que eu."

"Achei que você não conhecia esse cara, G. Talvez você só queira deixar esta cidade claustrofóbica, condenada e suja, como o resto de nós. Deve existir algum lugar além daqui."

Giannina coça a cabeça morena. "Não acho que é só por isso que estou me apaixonando por Ron, ainda que sem dúvida odeie esta cidade. Tenho que ser totalmente indiferente nesta cidade. Se me abrir para sentir qualquer coisa, vou ser completamente destruída."

"Sim. Paris é um chiqueiro putrefato fedorento. De vez em quando, de repente, me ocorre que ninguém deveria ser capaz de viver em tamanha sujeira. Pergunto a quem quer que esteja comigo: 'Por que continua aqui?'. A resposta invariável, 'Porque a excitação da pressão me mantém trabalhando duro', prova que a pessoa está se afundando na sujeira.

"Eu não sei. Não quero pensar muito sobre ficar aqui."

"Às vezes acho que vou enlouquecer: estou andando pela rua suja, a caminho do trabalho, e penso que vou enlouquecer. A pele da minha cabeça começa a inchar. Meus dedos, mãos, ombros, pernas, pés. Meu nariz fica entupido. Tenho que correr. O ar é grosso demais. Tem muita gente. Milhares de pessoas sentadas em fileiras de cadeiras dobráveis em uma sala imunda. Água escorrendo da pele. Sou uma dessas pessoas. Ninguém diz nem uma palavra. Ninguém reclama. Mais e mais pessoas entram na sala. Eles nos mandam para outra sala. Vamos para outra sala e nos sentamos em cadeiras dobráveis idênticas. Alguém diz que eles estão prestes a bloquear as cidades porque o governo não consegue mais resolver os problemas da cidade e não precisa das cidades.

"Jamais iremos escapar.

"Ron é tão maravilhoso, Vincent."

"Giannina, se você tem que se apaixonar, se apaixone por alguém rico. Precisamos de dinheiro para dar o fora daqui."

"Ron era meu melhor amigo quando morei em São Francisco.

"Eu nunca conversava com ninguém quando morava lá. Era muito tímida.

"Certa noite, eu estava num bar em North Beach com meu amigo Andrei. Estávamos tomando Grelos de Anjo.

"Jim, um amigo de Andrei, chegou ao bar.

"Depois de muitos Grelos de Anjo, decidimos ir a um sarau de poesia que estava acontecendo a algumas quadras dali. Andrei e Jim me carregaram em um carrinho de supermercado. Pulei fora assim que ele começou chacoalhar e cair em uma escadaria íngreme...

"Andrei queria ir ao sarau porque lá as pessoas iriam até ele e diriam que ele era famoso. Jim e eu nos arrastamos até um teatro vazio bem em cima do sarau.

"Jim começou a me chupar. Deslocou a mandíbula. Um cara chamado Stanley, outro amigo de Andrei, a colocou de volta no lugar com um soco. Nós sabíamos que Stanley era um gênio budista. As pessoas estavam deixando o sarau, então Andrei, Jim, Stanley e eu ficamos na porta, cumprimentando as pessoas beijando os meus mamilos. Fiquei pedindo as mulheres em casamento.

"De repente, percebi um homem me olhando.

"Parecia ser um sujeito certinho. Concluí que ele era asqueroso.

"Ele disse: 'Com licença, você é Giannina? Sou Ron Silliman. Bruce Leary me disse que você é garçonete'.

"'Isso mesmo', respondi, e o ignorei. Voltei a beijar Jim.

"Não lembro quando o vi de novo. Acabei conhecendo Rae Armantrout, uma das melhores amigas de Ron, que é bi que nem eu. Saíamos juntas. Acho que acabei conhecendo Ron aos poucos. Meu melhor amigo na época, Clay, decidiu que gostava de David Melnick e dos amigos de David.

"Lembro a primeira vez que quis trepar com Ron. Nós estávamos em um ônibus na rua Market. Perguntei: 'Quer ir para casa comigo?'. Ele respondeu, 'Não'. Entendi que ele não queria me comer.

"Cerca de um mês antes de planejar deixar São Francisco, eu estava planejando deixar São Francisco por um tempo", Giannina esfrega a cabeça de gata de cabelos pretos. "Ron se mudou para uma casa perto da minha. Começamos a sair para beber com frequência. Uma noite, estávamos bebendo em um bar chamado The Pub. Passamos horas conversando sobre literatura e pessoas. Quando saímos, coloquei a mão na camisa de Ron, disse a ele para abotoá-la para não ficar gripado. Entendi que se ele quisesse me comer, tocaria a minha mão.

"Não tocou."

Vincent não está mais escutando essa bobagem. Precisa descobrir como escapar de Montmartre.

"Nos encontramos mais duas vezes para beber e conversar. Naquela época, eu sentia que tinha mais em comum com Ron do que com todas as outras pessoas que conhecia.

"Uma noite, antes de vir para Paris, fui até a casa de Ron para vê-lo uma última vez e me despedir. Conversamos por horas, mais uma vez sobre literatura. Também alguma coisa sobre a ex-mulher dele. Ele estava cansado. Perto da meia-noite eu disse: 'É melhor eu ir'. Ele disse: 'Pode dormir aqui se quiser'.

"Fico confusa. Não sei o que fazer. Imagino que tenho que dormir lá, porque é o que eu quero. Não sei como abordar Ron sexualmente. Nunca houve nada sexual entre nós. Entro no quartinho onde fica a cama, folheio suas novas obras. Parece incrível. Me viro para ele. Ele é maior do que eu. Está com tanto medo quanto eu?

"Não estou confusa: estou aterrorizada.

"Não entendo por que o rosto de Ron está tão perto do meu. Não estou acostumada a vê-lo assim. O rosto dele tem um aspecto estranho: o bigode amarelo e os olhos azuis. Ele parece muito familiar, e não é familiar o suficiente. Tiramos a roupa. Ele se torna totalmente estranho para mim agora que está pelado. Consigo reconhecer a cabeça, mas não o corpo. A cabeça não pertence ao corpo. Ele é bastante delicado comigo.

"Quero sexo forte, violento e passional. Desse jeito a intensidade das minhas sensações físicas me fará esquecer, não terei que lidar com a pessoa com quem estou, nem com a confusão total que estou sentindo.

"Ron é tão gentil comigo. Não sei lidar com isso. Ele quer beijar meus lábios. Estou decidida a ir para Paris. Estou ficando louca. Ele me conta que vem fodendo uma mulher ótima de cama. Preciso trepar com ela. Estou me perguntando se sou boa de cama. Continuo lambendo, mordiscando, apertando, chupando e esfregando o pau para não ter de olhar para o rosto dele.

"Assim que consigo, fujo da casa dele, para dentro da noite de São Francisco, para a minha casa."

"Giannina, você ao menos conhece esse cara?", Vincent pergunta.

"Eu amo Ron sobretudo porque amo a obra dele. Sempre me apaixono assim. Ron é um excelente poeta: sua linguagem variada e sensual reflete e questiona a si mesma. O que emerge, no fim, é uma consciência inquieta e profundamente perceptiva. Uma consciência que, no fim, eu não entendo. Adoro Ron."

"Vamos cair fora e ir pro Taiti", diz Vincent. "Podemos pegar um cargueiro que passe por Moorea ou Papeete. Daí vamos até o interior. O mais longe que conseguirmos de Paris. Ninguém trabalha no interior. Ninguém produz arte, porque a arte é uma categoria separada das outras atividades. Ninguém precisa dessas separações no Taiti porque ninguém precisa escapar. Não temos que sofrer o tempo todo.

"Do Taiti, embarcamos para as Ilhas Fiji. Vamos escapar daqui."

"Quero viver com Ron por um tempo", Giannina decide. "Não acho que ele queira viver comigo. Não sei como ele se sente. Sei que ele quer viver comigo. Sei que sou louca por dizer isso. Se eu não disser, se não me atirar no desconhecido, eu morro. Entende o que estou dizendo, Vincent?"

3

O DESESPERO DOS POBRES

Em Paris, os pobres estão desesperados.

Vincent nasceu em 30 de março de 1853, em Zundert, uma vila de 3 mil habitantes próxima à fronteira belga, em Brabante, na Holanda. Seu pai, Theodore, o pastor da vila, era também filho de um pastor que tivera doze filhos. Três dos tios de Vincent eram vendedores de quadros. Um deles, também chamado Vincent, tocava seu negócio em Haia.

Theodore e a esposa, Anna Carbentus, têm seis crianças: três meninos, Vincent, Theo, quatro anos mais novo, e Cornelis, e três meninas, Anna, Elisabeth e Willemina. A família é muito unida, como muitas outras em um país onde as virtudes domésticas e a adesão à doutrina cristã são fundamentos da sociedade. Também como muitos outros na Holanda, os Van Gogh são cidadãos de classe média com vidas limitadas e monótonas, ainda mais restritas pela austeridade calvinista. Famílias assim muitas vezes temem o surgimento em seu meio de um membro rebelde capaz de, a qualquer momento, estilhaçar a rígida estrutura do lar e destruir sua unidade, um aventureiro destinado a erigir um império no fim do mundo, um cientista que mais tarde talvez revolucione as leis da física, um pensador que abra novos caminhos, ou um artista cujo gênio turbulento irá escandalizar a sua terra natal antes de ela passar a idolatrá-lo.

O calvinismo na Holanda produziu certo espírito capitalista. É difícil que alguém, o pastor Theodore... ou Anna..., tenha apreciado as virtudes e necessidades de Vincent quando criança.

A maioria dos poetas e artistas se vinga na sociedade por humilhações sofridas na primeira fase da vida. Mas Vincent sempre culpou somente a si mesmo por seus sofrimentos. Um menino frustrado e incompreendido, que não recebeu a devida afeição, acaba por se tornar um homem sem raízes, em estado de rebelião ou perplexidade, quase sempre amargurado. Assim como eu, Gauguin e Van Gogh: sofredores que fazem os outros sofrerem. "Uma pessoa pode ter um coração flamejante dentro da alma", me lembro de Vincent escrever, "e ainda assim ninguém jamais vir se sentar perto dela. Os passantes só veem um fio de fumaça saindo da chaminé e continuam seu caminho."

Aos dezesseis anos, Vincent foi trabalhar como vendedor na galeria de arte administrada por seu tio Vincent, em Haia. Em seguida, foi transferido pelo tio para a sede parisiense da Goupil. O rapaz ficou na galeria por quatro anos e partiu em maio de 1873 para a filial de Londres. Lá, se apaixonou por Ursula, filha de sua senhoria. Ela o rejeitou. Ele voltou para casa. Quatro meses depois, estava de volta à Galeria Goupil de Londres. Ursula. Ursula. Ele tentou vê-la; ela disse para ele se mandar. Vincent chegou à Galeria Goupil de Paris em 15 de maio de 1875 em estado de desespero.

"Toulouse", Poirot me diz certo dia, "nós vamos ter que visitar a família de Marie. Eles vivem na parte mais pobre de Montmartre. Espero que não se enoje com o que vai ver."

"Artistas têm que ver de tudo", retruco com nobreza.

"Você é artista, *mon ami*? Achei que fosse uma puta. Pegue a muleta, se não quiser tropeçar nos mendigos bêbados."

As ruas de Montmartre são imundas. Latas de lixo e merda de cachorro se espalham pelas calçadas. Mendigos dormem embaixo do lixo para se aquecer. Gatos correm pelas cercas colapsadas; os donos dos prédios botaram fogo nos edifícios para receber o seguro, os inquilinos não conseguem mais pagar o aluguel, então por que não queimar tudo? Este é o começo do socialismo; os túmulos no cemitério da igreja.

Há apenas uma lei: continue a andar o mais rápido possível. O que quer que aconteça. Roubos, empurrões, sequestros, golpes, assassinatos: todos esses crimes acontecem a céu aberto.

A rua.

As pessoas morrem na frente umas das outras. Há muito pouco espaço. Poirot e eu temos que correr pela Rue Caulaincourt. Não queremos testemunhar nenhum assassinato. Se testemunharmos algum assassinato, talvez tenhamos que resolvê-lo.

Vemos uma mulher vomitando na rua.

"Sra. Freilicher", Poirot se curva em reverência, "estávamos à sua procura."

Seus olhos turvos nos encaram.

"Estamos investigando o assassinato da sua filha. Pensamos que a senhora poderia nos ajudar."

A mulher vomita de novo. O vômito é vermelho e verde e azul e marrom. Dá um pouco de cor à rua.

"Senhora, sua filha Marie morreu outro dia.

"Se pudermos descobrir quem a matou, talvez consigamos prevenir futuros assassinatos.

"Sua filha tinha algum inimigo?"

A mulher arregala os olhos para nós. Não entende nada. Obviamente, a pobreza destruiu sua cabeça. "Mrrrlrrp", a boca gorgoleja.

"Marie disse que presenciou um assassinato. O que ela quis dizer com isso?"

"Marie é uma mentirosa." A velha parece atordoada como sempre.

"Mamãe, mamãe, mamãe."

"Sai, Missia. Não vê que estou falando com alguém? Malditas crianças."

Uma menina magra usando camisa preta e calça preta corre diante dos meus olhos. Bate forte no rosto da mãe. "Mamãe. Componha-se. Alguma coisa aconteceu com Melvyn!"

"Quem se importa?"

A menina se vira para Poirot. "Você entende? Melvyn, meu irmão, está lá fora. Acertaram um tijolo nele; a gente estava andando. Ele caiu no chão. Morreu."

"Onde ele morreu?", Poirot pergunta.

"Na Rue Caulaincourt. A uns poucos quarteirões daqui."
Bem ao lado do bordel.

"Missia, sua irmã morreu alguns dias atrás em uma casa perto de onde seu irmão acabou de morrer. Estamos tentando descobrir quem a matou. Sua mãe é incapaz de nos ajudar. Pouco antes de sua irmã morrer, ela disse que tinha acabado de presenciar um assassinato. Você sabe se isso é verdade?"

A menina magra olha para nós como se estivesse nos testando. O que ela consegue tirar de nós? Para que nós servimos? Ela tem que sobreviver. A mãe é um incômodo vomitador. Ela mexe os lábios. Um olho é mais caído que o outro. "Marie era uma mentirosa."

"Então ela não viu um assassinato?"

"Ela era burra." O olho caído da menina pisca. O cabelo desgrenhado parece úmido.

"Se Marie tivesse visto um assassinato, ela contaria para seu irmão Melvyn?"

"Ela nunca viu assassinato nenhum. Esquece isso."

"Ela falava bastante com Melvyn?"

"Melvyn era que nem ela. Egoísta. Por isso que morreu."

Em dezembro de 1877, sem esperar pela nomeação – da qual seria informado apenas um mês depois –, Vincent foi para o distrito de Borinage, na Bélgica, determinado a revelar a luz do evangelho para aqueles que mais precisavam: mineiros vivendo na extrema pobreza e ocupados com o mais duro dos trabalhos. Ele se gabava, com a presunção comovente de um noviço, de que seria capaz de levar consolo e a fé cristã a esses rejeitados.

Assim, iniciou sua carreira apostólica, cujos aflitivos episódios são bem conhecidos. Dedicou-se com generosidade altruísta: ensinou as crianças, cuidou dos doentes, distribuiu suas escassas posses, dinheiro, roupas e mobília. Transbordou de amor – menos por Deus, verdade seja dita, do que pela humanidade. Apesar de seus esforços para provar sua compaixão e devoção aos mineiros, não conseguiu convencê-los. Além disso, como era um orador indiferente, sua pregação não teve nenhum efeito nesses desafortunados que ele julgava que seriam os mais propensos a lhe dar ouvidos. Todos os progressos e sacrifícios que ele fazia eram incompreendidos pelo proletariado de Borinage, da mesma forma como haviam sido incompreendidos pela sua família. As repetidas recusas, somadas à ânsia por se comunicar e ser recebido entre os trabalhadores, o lançaram de volta na irremediável solidão. Era mesmo duvidoso se essas criaturas infelizes concordariam com alguma melhoria de seu quinhão. Bernardin de Saint-Pierre costumava dizer que nunca havia conhecido um ser humano que não revelasse a própria miséria. Vincent se desfez de tudo que tinha e se transformou no mais pobre dos pobres. Chegou a escurecer o rosto para se parecer com os outros. O que quer que fizesse, continuava um estranho entre os mineiros.

Em 12 de abril de 1881, Vincent se refugiou com os pais em Etten. Uma prima chamada Kee foi passar as férias em Etten. Vincent se apaixonou profundamente por ela e a pediu em casamento. Foi uma situação perfeitamente natural. Ele tinha 28 anos e desejava constituir uma família para dar fim à solidão que o atormentava. Kee o recusou. Disse que havia jurado fidelidade à memória do marido. E os pais dela eram totalmente contrários à ideia de um genro sem um tostão furado, sem trabalho estável e, pior de tudo, um artista. Vincent persistiu. Ela fugiu para a casa do pai em Amsterdam.

Ele escrevia repetidamente. Ela não respondia. Desesperado, ele partiu para vê-la. Quando chamou por ela no portão de casa, ela se recusou a aparecer. Ele insistiu em vê-la, com uma determinação descrita pelo tio como "nojenta". Colocou a mão sobre um lampião aceso na mesa e disse que manteria a mão ali até que ela aparecesse. Os pais dela, horrorizados, viram a chama começar a queimar a carne imóvel. Por fim, Vincent desmaiou.

Ele chegou na Antuérpia em 28 de novembro de 1885 e imediatamente alugou um quarto no número 194 da Beeldekensstraat. Durante o dia, fazia seu trabalho e frequentava cursos na Academia Municipal. Das oito às dez da noite, desenhava cenas da vida cotidiana em uma aula na Grand Marche. Das dez à meia-noite, ia para outra escola da vida. Para levar a cabo toda essa arte, precisava de materiais caros que comprava com os fundos necessariamente limitados providos por Theo. Obrigado a escolher entre trabalhar e satisfazer a fome, condenava-se a uma exaustiva subnutrição. Vivia exclusivamente de pão, um pouco de queijo e café. Assim, estava em um estado de perpétua fraqueza. Sofria de dores internas, perdera cerca de dez dentes e tossia sem parar. Um dia, quando estava se sentindo muito doente, não conseguiu mais esconder a verdade de Theo: "Preciso lhe dizer que estou literalmente morrendo de fome".

De repente, ele partiu de Antuérpia rumo a Paris. Lá chegou em 28 de fevereiro de 1886. Poirot novamente interrompe meus pensamentos.

"Toulouse", ele grunhe. "Você tem que acordar. Se ficar sonhando o tempo todo, vai acabar sendo morta. Quero que você me acompanhe até a casa de T. T.."

"Quem é T. T.?"

"Irmão de Rhys. Ele conhece todo mundo em Montmartre. Pode nos dizer quais dos convidados de Norvins conheciam Marie. Se algum um deles queria Marie fora do caminho. E mais: se houve algum assassinato sem solução ultimamente."

"Você quer dizer que Marie talvez não estivesse mentindo? Todo mundo diz que ela é uma mentirosa de quinta categoria."

"T. T. mora na Rue des Martyrs. Do outro lado de Montmartre. A única coisa que sei sobre ele é que é supostamente um eremita..."

"Sou um infeliz. Completamente infeliz. Não posso ver ninguém porque todo mundo me odeia. Não quero vocês aqui!"

"T. T.", diz Poirot, "não vamos machucá-lo. Temos que falar com você sobre o bordel de Norvins. Houve um assassinato."

"Eu sinto tanta coisa, às vezes acho que estou enlouquecendo. Você não vai me machucar? Cadê a porra da minha garrafa? Entrem." Vejo um homem corpulento. Rosto pequeno. Olhos pequenos. Um metro e noventa. Roupas de empresário.

"Sou um excluído. Não posso falar com ninguém. Tenho emoções muito fortes, elas tomam conta de mim. Me controlam. Me dominam."

"Escuta, T. T.. Três dias atrás, alguém matou uma bobalhona em uma festa de Norvins. Hoje, acertaram um tijolo na cabeça do irmão da bobalhona que morreu."

"Sei disso tudo", diz T. T.. "Eu estava na festa." Ele pega um jornal e começa a rasgar. Me oferece uma garrafa de rum.

Começo a tomar tanto rum quanto possível.

"Conheço Norvins há anos. Ela foi a última pessoa que eu costumava visitar. Agora, não visito ninguém. Ela é uma boa mulher: dura como diamante. Toda mulher que prospera nos negócios tem que ser dura. É o único jeito que as mulheres têm de sobreviver. Não é à toa que me recuso a sair desta casa, a me envolver na agitação violenta e nos desejos dos meus amigos."

Em silêncio, balanço a cabeça.

"Tenho apenas dinheiro suficiente para ficar nesta prisão, edificar minhas fantasias." Ele pega a garrafa. Toma alguns goles. Estou sentada de tal modo que o peso da parte esquerda do corpo dele recai sobre o meu ombro, braço e coxa direitos. "Fui eu que mandei Rhys para Norvins. Rhys é jovem e precisa de orientação. Não há lugar melhor para orientação do que um bordel. O dinheiro que ele ganhar vai me ajudar a manter este eremitério."

"A prostituição tem sustentado todo mundo esses dias", murmuro e volto a beber.

"Como eu dizia, estive na festa de Norvins. Não a via há um bom tempo. No dia seguinte, me tornei eremita. Não acho que ninguém lá conhecia a garota assassinada. Ela era apenas um aborrecimento. É tudo que Rousseau e Seurat sabiam dizer sobre ela."

"Ela disse que havia testemunhado um assassinato?"

"Disse. Você sabe que essas garotas fazem qualquer coisa por atenção. Era tudo que ela queria. Faria qualquer coisa por isso. Uma menininha desesperada. De qualquer modo, ninguém a viu depois que a festa começou. Ela deve ter se escondido em algum lugar. Só me lembrei dela quando a vi morta, pendendo para fora do barril de pesca."

"O que eu quero mesmo saber é se houve algum assassinato não resolvido em Montmartre recentemente."

"Você acha que aquela pirralha estava falando a verdade...
Nenhum pobre liga muito para a verdade..."

De repente percebo que quero trepar com esse homem pesado e estranho. Não entendo por quê. Não deveria sentir atração por ele, porque ele obviamente me acha feia. Devo estar ficando desesperada. Bebo mais um pouco de rum.

"Todos os dias milhares de assassinatos acontecem em Montmartre. De que outro jeito uma pessoa pobre pode comer? Mas que assassinatos Marie poderia ter testemunhado? Teve o tiroteio na Ganneron. Na verdade, aconteceu bem na frente do prédio de Marie: no número 11 da Rue Ganneron. O proprietário do número 11 tentou botar fogo no prédio. Percebeu que não tinha como continuar cobrando aluguel de pessoas que não tinham mais nenhum dinheiro e que vasculhavam latas de lixo em busca de comida. Ele decidiu botar fogo no prédio para receber o seguro municipal contra incêndios. Um dos motoqueiros da vizinhança que mora no prédio viu o proprietário começando o incêndio. Ele avançou contra o homem, canivete na mão. Isso deu início à maior guerra de gangues em anos. O filho do proprietário, que mora do outro lado da rua, vê o motoqueiro dando uma investida mortal contra o pai. Atira uma faca no braço direito do garoto. O filho do proprietário e o garoto pertencem a gangues diferentes, e muito importantes. Então, de uma hora para outra, há uma guerra total entre gangues. BUM BUM BUM. Vi um menino sair do número 14 da Rue Ganneron carregando uma caixa com catorze coquetéis molotov. Com os trapos já enfiados. Prontos para usar.

"Os policiais nunca interferem na política de Montmartre. Têm medo demais de se queimar. Eles nem sequer limpam os cadáveres: são os ratos que tratam disso."

"Acho que estou procurando outro tipo de assassinato", diz Poirot, pensativo.

Observo o rosto vermelho de T. T.. Quando percebo seus olhos virando na minha direção, rapidamente viro o rosto. Tenho medo de que ele me note. Tenho medo de sentir com muita força. Será que ele me quer?

"Teve também a matança do vodu haitiano. Três dias antes do assassinato da bobalhona. Um cara e a mulher não estavam se dando muito bem. Bem, estavam se dando como a maioria dos casais se dá hoje em dia. Ele frequentava algum puteiro, não um classudo como o de Norvins, atrás de uma rapidinha. Ela transava com o lixeiro ou o entregador de vez em quando. Tudo limpo e saudável. Como todo mundo, esse casal vai ficando cada vez mais pobre. De que jeito os pobres devem viver? O cara começa a poupar a própria merda: espalha na rua, em frente à própria casa. Provavelmente acredita que está limpando a vizinhança. A esposa começa a transar com qualquer um que lhe dê mole. Se não consegue comer, pelo menos vai ser comida. Cabelo loiro platinado. Seios voluptuosos. O tipo de mulher que deixa todo homem de pau duro quando a vê, e que não vai deixar passar uma oportunidade. Os olhos dela são frios. A fome é muita. O marido quer ir para o Haiti, a Cidade do México, Acapulco. Desaparece. Quando volta, está muito quieto. Reclama que tem um rádio na cabeça e que o rádio está sintonizando a estação errada. O governo dos Estados Unidos enfiou o rádio na cabeça dele na Cidade do México. Ele está programado para não dizer mais nada. Um dia, vai matar uma figura política importante. Todo mundo em Montmartre acha que ele é maluco. Não existe político nesta pocilga. Ele fica conhecido como "Mata-Barão". Um dia, no Champs de Mars, a esposa, que se chama Connie, é encontrada morta. O cabelo branco esparramado pela calçada. Uma bainha de cetim branco cobrindo as enormes tetas. O enorme corte na garganta já seco de sangue. Ela estava andando com um amigo: um dos moleques da vizinhança viu. Mas não sabia dizer quem estava com ela. O marido desapareceu.

"O amigo de Connie, Arthur, também foi assassinado. Connie e Arthur, quando precisavam desesperadamente de dinheiro, iam trabalhar para um advogado. Um tal de Zidler, ou algo assim. Na verdade... pelo que me lembro... era Arthur quem trabalhava para Zidler. Estava rolando uma guerra às drogas na época. Ainda pode ser que esteja. O escritório de Zidler fica na Avenue St. Charles, bem na Place de Clichy. Perto da Rue Ganneron. O pessoal na Avenue St. Charles, todos africanos, querem limpar a rua. A rua não quer ser limpa. Os traficantes apagam alguns moradores. Então os moradores formam um comitê de vigilância: qualquer traficante que chegar perto do quarteirão vai tomar uma coça. Então os policiais avançam, a todo vapor! Bang, bang, bang! Têm que ajudar os amigos traficantes. Arthur de alguma forma está no meio de tudo isso. Está usando o escritório de Zidler como central para os traficantes. Em paralelo, está produzindo algumas falsificações. Essa é a teoria. Ele também está comendo uma gostosa, Clay Fear, que tem um namorado ciumento. Quem sabe? Uma noite, Arthur é encontrado esfaqueado nas costas. Bem no escritório de Zidler. Que coisa para acontecer no escritório de um advogado respeitável! Três dias antes da terrível morte de Connie. Ninguém sabe por que ele foi assassinado.

"Então teve a morte da sra. Alexander. Ela era uma velha rica que morava na Rue de Clignancourt. Qualquer um pode ter apagado a mulher, que era má feito o cão. Ela mora em Montmartre e pensa que os pobres não existem. Uma noite, ela morre. A morte acontece para todos. Quem se importa se ela morreu de causas naturais ou não? O testamento da velha deixa tudo para uma puta que morava na casa e sobrevivia comendo lixo da rua. Essa puta costumava cuidar da correspondência da sra. Alexander. Zidler, o advogado da sra. Alexander, diz que a puta falsificou o testamento. Nada de dinheiro para você, querida. Então a puta se vai. Ela só estava tentando sobreviver."

"Tenho que voltar ao bordel e perguntar a Norvins sobre esses assassinatos. T. T., você poderia levar Toulouse para casa? Ela está bem bêbada."

"Estou loucamente apaixonada por você, T. T.", sussurro. "Minha boceta e útero estão queimando tanto que acho que estou me tornando ninfomaníaca. Se eu te quero tanto assim, você tem que me querer."

"Acho que quero muito você, Tooloose. Nunca peguei uma aleijada." Sinto os músculos do rosto se contraírem. Não consigo me mexer. Vejo os músculos do rosto dele se contraírem.

De repente estamos nos beijando. Como se nunca tivéssemos beijado ninguém antes.

A ânsia de Vincent pelo que é autêntico e sua aversão a lorotas parecem tornar difícil para ele aguentar Paris. No final do outono de 1886, ele começa a se desesperar. Com seu gorro de pele e casaco caprino, ele vagueia pelas ruas cobertas de neve em uma depressão profunda. Não tem ideia de para onde ir, onde encontrar algum traço de calor humano. Não tem amigos com quem contar. De qualquer forma, as rivalidades irrisórias com os amigos o enojavam.

Enquanto trepo com T. T., só penso em meu irmão Vincent.

A CRIAÇÃO DO MUNDO

4

À noite, depois de todos os clientes terem ido para casa, Peter, Rhys, Garrett e eu nos deitamos na sala de estar do bordel. Tentamos esquecer nossos corpos desgastados contando um para o outro histórias de ninar. Histórias que nos farão sonhar e dormir.

Peter está esfregando o pau vermelho e esfolado.

"Vou contar a primeira história de hoje", ele diz:

A CRIAÇÃO DO MUNDO

Uma gata com um fio de bigode verde e outro branco fica se embebedando. Está apaixonada por um grande babuíno peludão que nem nota a existência dela.

Quando fica bêbada, ela se deita ao lado de qualquer um: um elefante, um rato, um graveto, até mesmo um ser humano. Ela se esfrega e rola e ataca e ruge e se arrasta e choraminga e vagueia. Então, fareja todos os cheiros do mundo.

"Sr. Babuíno", ela diz, "o que posso fazer para você me amar? Quero que você saiba que eu faria qualquer coisa."

O babuíno, quase sem notá-la, diz: "Você não pode me fazer amá-la. Mas este ano está deprimente: a chuva não cai porque está de mau humor; quase não há plantas; não consigo achar o suficiente para comer. Você pode me trazer comida para mostrar o quanto me ama."

A gatinha lambe o bigode branco, então o verde, corre salta pula anda por todos os lados, traz ao babuíno toda a comida que existe no mundo.

O babuíno olha para toda a comida que existe no mundo. Sorri. Abre tanto a boca vermelha que tapa o sol. Nessa vasta terra arrasada, manda para dentro todas as bananas todas as ameixas todas as mangas todos os kiwis todos os damascos todas as beringelas todas as canas-de-açúcar todo o mel todo o manjericão todas as plantas comestíveis e líquidos que existem. Engole tudo. Agora não há mais comida no mundo.

A gatinha olha para o enorme babuíno peludão. "Você me ama, babuíno, agora que está gordo e feliz?"

"Você não pode me fazer amá-la", rosna o babuíno.

"Mas as cobras estão me perturbando este ano. Querem que eu pague impostos pelas árvores que uso como casa. Quero ter poder sobre as cobras."

A gatinha suspira. Fará qualquer coisa para que o grande babuíno peludão a ame. Captura todos os camundongos e ratos no mundo, brinca com eles até morrerem. Então os amarra na cauda, um atrás do outro. Uma enorme fileira de camundongos e ratos. Todas as cobras que existem começam a seguir a gatinha.

A gata dá sua fileira de camundongos e ratos ao babuíno. Agora ele controla todas as cobras do mundo.

"Você me ama, querido?", murmura a gatinha tímida.

"Você não pode me fazer amá-la, imbecil!", rosna o babuíno. "Só estou interessado no poder. Quero controlar todas as coisas no mundo."

A gatinha fica arrepiada. Não quer ajudar o grande e nojento babuíno peludão a controlar todo mundo. Foge para uma casa caindo aos pedaços e se esconde.

Não há mais plantas ou líquidos no mundo, então os animais são obrigados a se comer. Isso é conhecido como escassez e depressão. Os lagartos jacarés crocodilos comem o peixe. Os hipopótamos abocanham os crocodilos. As formigas-lava-pés mordiscam os hipopótamos. Os tamanduás engolem as formigas. Os javalis selvagens de pelo preto devoram os tamanduás. Os leopardos-negros famintos atacam os javalis. Os chifres dos antílopes selvagens perfuram os leopardos-negros famintos. Os elefantes abocanham os antílopes selvagens. Os enormes tigres famintos e ossudos direcionam as mandíbulas aos elefantes. Só sobraram os peixes grandes, porque todos os peixinhos estão nas barrigas deles, os grandes tubarões abocanham os enormes tigres famintos e ossudos.

E quanto aos humanos? Foram todos devorados há muito tempo. Nunca souberam como sobreviver.

O grande babuíno peludão, que tem a barriga tão grande quanto a cabeça, come todo animal em que consegue pôr as mãos.

Todos os peixes vão para a sua barriga. Todos os insetos vão para a sua barriga. Todos os pássaros, todos os belos periquitos, que se apaixonam por qualquer animal de que se aproximam e pensam que são esse animal, as pombinhas, que estão o tempo todo se suicidando porque são idiotas, vão para a sua barriga. Todos os animais comedores-de-planta comedores-de-grama, as girafas, os cavalos, as zebras e os búfalos-d'água, que amam transar, vão para a sua barriga. Agora a barriga nojenta do babuíno é maior que a cabeça.

O babuíno é tão grande que os enormes tigres famintos e ossudos e os leopardos-negros esguios e elegantes, os crocodilos e jacarés e piranhas com enormes dentes não conseguem descobrir como abocanhá-lo. A barriga do babuíno está muito cheia. Então o babuíno come todos os animais com enormes dentes. Agora, sua barriga nojenta é do tamanho de uma barraca.

O enorme elefante tenta chutar o babuíno. Começa a correr atrás do monstruoso babuíno. Não há plantas nem rios que diminuam sua velocidade. Pum, pum, pum!, ressoam os enormes pés do elefante. Marcham, marcham, marcham. Enormes buracos na superfície do mundo. Mais perto, mais perto... O elefante está quase ao lado do babuíno peludão. Está quase em cima dele. O babuíno não consegue mais ver o elefante, que corre rápido demais. Ele vê uma nevoa cinza cobrir a vasta e estéril superfície da terra. ZUUUM! A barriga do babuíno é muito grande e dura, mais dura que a pedra mais dura do mundo, porque tem dentro dela tantos animais, plantas e líquido, essa barriga tão densa e imensa; o elefante cai bem em cima dela. BUMP! O elefante cai em cima do próprio nariz, longo e sensível. Antes que possa entender o que aconteceu, o horrível malvado nojento babuíno o devorou.

Agora a barriga do babuíno é tão enorme que encosta na lua branca. É tão densa e pesa tanto quanto a Terra. Agora há três bolas: a Terra, o babuíno e a lua.

A gatinha vem observando toda a cena.

Vem observando toda a cena de seu esconderijo na velha casa dilapidada.

Está faminta. Precisa tanto encontrar alguma comida que acaba rastejando para fora do esconderijo.

O único ser que existe além dela é o nojento babuíno peludão.

O babuíno vê a criatura magra, rastejante e ronronante. Sente tanto desejo por ela que, enfim, depois de tanto tempo, a está amando.

Ele a deseja mais do que tudo no mundo!

Canta a seguinte canção para fazê-la vir ronronar para ele:

finalmente encontrei amor
percebi que devo me abrir

A gatinha tímida não se mexe. Está fraca demais.

O babuíno canta outra canção:

tenho medo de você me magoar
nunca mais vou me permitir amar
não quero que você me magoe e
não quero parar de me abrir

A gata não se mexe. Está com fome demais para amar quem quer que seja.

O babuíno canta outra canção comovente:

eu não entendo o amor
não é racional

A gatinha não se mexe. Simplesmente não se importa.

Toda a existência está em silêncio.

A gatinha está sonhando: está sonhando com uma floresta onde leopardos brancos se deitam entre girafas que flutuam rios negros correm silenciosamente ursos pequeninos se arranham nos pequenos arbustos o vento fede a bosta e grama e folhas esmigalhadas e canela em pau enormes hipopótamos bocejam e pegam moscas com a boca um homem encara o longo pau vermelho não sabe o que fazer com ele uma vespa pousa nele e o pica enquanto a chuva de líquido preto goteja nas plantas reluzentes no solo negro nas grossas plantas verdes brilhantes o líquido preto atravessa a floresta sai dos animais dos crocodilos que aguardam para abocanhar um veado idiota os lobos que conversam entre si a gatinha brinca com todos se esfregando na pele quente e então correndo só um pouco mais rápido que o outro animal, provocando, chegam ursos brancos pequeninos se levantam batem as patas contra o rosto uns dos outros. A gatinha não está mais sonhando.

Foi assim que o mundo surgiu.

E AGORA QUE O MUNDO EXISTE...

"'PARA, TED', GRITEI QUANDO ELE FINALMENTE ME SOLTOU. MAS ELE NÃO ESCUTOU. ESTAVA COMO UM DOIDO: DOMINADO PELO TESÃO. EU ESTAVA TOTALMENTE EM SEU PODER, INDEFESA."

O medo, como um choque elétrico, corre pelo meu corpo quando Bill vira o carro para uma estradinha deserta. Eu sabia o que estava por vir, o grande encerramento para o qual os eventos da tarde estavam levando. Não tentei impedir. Bem no fundo, sabia que era o que eu queria de verdade, e enquanto o carro sacolejava pela velha estrada de terra eu rezava em silêncio para que dessa vez desse tudo certo, para que eu fosse capaz de ir até o fim. Bravamente, tentei lutar contra a sensação familiar de terror, mas em vão. De forma lenta, mas segura, ela começou a tomar conta de mim, aumentando conforme sacudíamos cada vez mais perto do fim da estrada.

Eu observava Bill enquanto ele dirigia, me perguntando se ele fazia alguma ideia de como eu me sentia. Não. Claro que não. Ele pensava que eu era apenas mais uma garota, talvez mais bonita que a maioria, mas basicamente como todas as outras. Não fazia ideia da batalha que era travada na minha cabeça ou do segredo sombrio no meu passado. Mas eu sabia que muito em breve ele descobriria como eu era de verdade. Então iria embora também, como todos os outros.

Estávamos perto do fim da estrada e Bill desacelerou o carro a fim de parar no acostamento. Apagou os faróis. Então, esticando os braços acima da cabeça, soltou um longo e contente suspiro.

"Uau", ele disse, "que noite incrível! Escuta só os pássaros."

"Estou ouvindo", respondi, tentando soar calma, mesmo que meu coração estivesse batendo tão violentamente que eu mal conseguia falar.

Bill virou o rosto para mim e sorriu. Estava escuro e eu mal conseguia distinguir suas feições. Seu cabelo castanho-claro parecia preto. A luz da lua reluzindo em seus olhos escondia o azul e dava a seu rosto sardento um aspecto branco-acinzentado. Ainda que eu soubesse que ele era bonito, a escuridão o fazia parecer mais um monstro que um homem. Sem querer, comecei a tremer. Bill estendeu a mão e a pousou levemente na minha perna.

"O que foi? Está com frio?"

"Sim, um pouco", respondi quietamente, embora minha voz interior gritasse: "Não, não estou com frio, seu bobo: estou quase morrendo de medo".

"Vem aqui, querida. Eu esquento você."

Eu queria ir até ele e não queria. Queria que ele me amasse assim como eu queria comer. Não queria que ele me rejeitasse. Nesse caso, estaria lá fora no frio de novo. Como sempre estive.

Eu estava com medo. Com mais medo do que já sentira na vida. Eu havia causado isso. Havia me colocado nessa situação. Poderia ter sido mais forte. "Querida", seu hálito quente raspava a minha carne. Eu conseguia sentir a mão dele brincando com as pontas dos meus seios embaixo do sutiã. Dei um pulo para trás.

"Qual o problema, querida? Com medo do papai? Vem pro papai, querida, oh, querida..." Ele recomeçou a gemer e colocou os braços ao meu redor a fim de me puxar para ele. Seus lábios enormes caíram sobre os meus e senti sua língua no meio da minha boca.

Minha ficha caiu. Escapei dos seus braços.

"Qual é o problema?" Bill olhou para mim estranhamente. "Está doente ou o quê?"

"Eu não consigo, Bill. Eu queria, queria mesmo fazer tudo com você, mas não consigo."

"Você ficou me provocando a noite inteira. Não tirou as mãos de mim até a gente chegar aqui. O que você acha que eu sou? Não vou te deixar me provocar e me controlar." Seus olhos estavam cruéis e pesados. Eu nunca o tinha visto daquele jeito antes. Agora ele me dava medo de verdade. Ele pôs uma das mãos na abertura da minha camisa. "Você vai me dar, menina, vai me dar o que prometeu. Não aceito ser provocado por ninguém."

"Bill", suspirei. "Eu só não consigo. Por favor, não fique bravo comigo. Não aguento quando as pessoas ficam bravas comigo. Não sei explicar. Só me leva para casa..."

Ele quase bateu em mim, e então parou. Eu podia senti-lo se decidindo. Ele enfiou o pé no acelerador e deu partida no carro. Todo o caminho até em casa me senti infeliz. Não conseguia dizer nada a ele. Não consegui lhe dar o que ele queria. Quando ele me deu boa-noite com uma voz fria e mecânica, tudo que consegui foi murmurar de volta um "boa-noite" e sair do carro.

Fiquei olhando para a lua por alguns momentos antes de destrancar a porta da frente e entrar. A tarde havia começado tão bonita, tão romântica. Mas eu havia dado um jeito de arruinar tudo. Como muitas outras vezes, fiquei aterrorizada com a ideia de intimidade física com um homem. Tinha a impressão de que jamais seria capaz de manter alguém. A até então adorável noite havia se transformado num símbolo melancólico de tudo que minha vida sempre havia sido...

Quando me deitei na cama, meu futuro se estendeu desoladamente à minha frente: vi uma velha solteirona solitária, mais amarga e infeliz a cada ano. Tive a esperança de que Bill me salvaria dessa vida.

De algum jeito consegui ir trabalhar no dia seguinte. Estava nervosa e irritadiça. Estou sempre assim quando me chateio porque estou brava comigo mesma e não sei lidar com minha raiva.

Finalmente, quando voltei para casa, caí em uma poltrona macia. Colapsei. Como as luzes da sala estavam apagadas, sabia que meus pais não estavam em casa. Finalmente, pude me abandonar e chorei e chorei.

Não sei por quanto tempo fiquei chorando no escuro. A campainha tocou, mas muito distante, e eu não queria atender. "Vai embora", falei o mais alto que pude.

"Claire, sou eu, Bill. Por favor, me deixa entrar."

Eu não queria. Sequei os olhos e o deixei entrar. Ele parecia encabulado, e um pouco assustado. Percebi que, mesmo tremendo tão forte, consegui ficar um pouco em pé.

"O que você quer, Bill?"

"Eu queria me desculpar pela minha atitude ontem à noite. Eu não queria tratá-la daquele jeito. Queria ser bom com você e acabei estragando tudo."

Compreendi que ele queria salvar seu orgulho sexual e se ajustar ao que eu queria. Como eu poderia dizer a ele que não queria nada? Que nunca deixaria um homem me tocar por causa do meu passado horroroso?

"Pensei que com você seria diferente, Bill", comecei. "Gostei de você para valer" – não consegui dizer "amei" – "e queria muito você. A noite toda tentei levá-lo a fazer amor comigo, e quando você veio atrás, só não consegui... ah... Você estava certo, Bill, não eu."

"Não importa quem estava certo ou não, Claire", ele disse gentilmente. "Não estamos fazendo joguinhos de poder. Eu amo você. Queria mesmo saber por que não me deixou fazer amor com você."

Ele era tão gentil e amável comigo. Não consegui me manter fechada e sombria e horrenda, mesmo sabendo que meu horrível segredo o afastaria de mim para sempre. "Bill. Bill.

"Era domingo de manhã, Bill. Mamãe e papai tinham ido à igreja e fiquei em casa para cozinhar um grande almoço de domingo para a família.

"Enquanto batia os ovos com leite em uma tigela, meu irmão Ted entrou na cozinha. Ele tinha acabado de voltar do Vietnã e ainda não estava bem ajustado ao nosso pacífico lar. Parecia incapaz de conversar e também bastante assustado, como se estivesse prestes a ser atacado por alguma coisa. Eu sabia que não dormia bem porque o ouvia gritar à noite pela parede que separava nossos quartos.

"'Oi, Ted', falei. Queria mostrar a ele que a casa estava bem. Amigável. Eu não ia atacá-lo.

"Ele não respondeu. Depois de um tempo, disse: 'Vamos lá em cima. Quero te mostrar uma coisa'. Ele tinha um olhar vidrado e estranho.

"Eu queria conversar com ele, então subi as escadas ansiosamente.

"'Olha, Claire', ele disse, retirando um conjunto de pijama de seda vermelha da mala. 'É isso que as garotas vietnamitas usam.'

"'Nossa, Ted, são lindos.'

"'Por que você não experimenta? Pode fingir que é uma garotinha vietnamita.'

"Peguei o conjunto e corri para o meu quarto. Quando voltei, Ted estava sentado na cama. 'O que você acha, Ted? Fiquei bem?'

"'Vem cá', ele disse.

"No começo eu não entendi o que ele estava falando.

"'Vem cá, putinha amarela. Vem cá, xotinha. Vem cá, chinoquinha. Vem cá, vem pro Tedinho.'

"Eu não consegui. Estava chocada e aterrorizada. Quando fiz menção de fugir do quarto, ele me agarrou pelo braço e me puxou com tudo para debaixo dele, então me esmagou com seu corpo pesado.

"'Isso, querida. Não sou o inimigo. Vou dar o que você quer, o que todas vocês putinhas amarelas querem. Tenho aquilo que vai conquistar seu país.' Os enormes lábios dele caíram nos meus e as mãos dele começaram a esmagar meus ombros.

"Empurrei a cara dele para longe. 'Ted, sou sua irmã. Sou sua irmã! Me solta!'

"Ele agarrou minha cabeça e tapou minha boca com a mão. Enquanto empurrava a minha cabeça contra a cama, arrancou o pijama de seda vermelha com a outra mão. Tinha os olhos vidrados e saliva escorrendo da boca. Parecia cruel e estava me machucando muito.

"Continuei lutando tanto quanto consegui, na esperança de qualquer coisa.

"'É assim que eu gosto, querida. Quanto mais você se mexe, mais me dá tesão. Você é tão pequenininha e delicada. Só quero sentir você. Quero sentir você inteirinha em cima de mim.' Então ele começou a ficar ofegante. Tinha um bafo quente e fétido. Eu estava quase desmaiando. Sua boca sedenta mordeu minha língua e em seguida meus seios ainda pequenos. Ele estava me machucando.

"Com a mão direita, ele abriu o zíper da calça e entrou em mim. Enfiou em mim sua virilidade endurecida, então tive a impressão de que ele estava rasgando a minha pele, metendo um cutelo de ferro quente na parte mais secreta do meu corpo. Ele continuou se forçando dentro de mim até que começou a tremer, cada vez mais forte. Finalmente, penetrou em mim com tanta força que uma parte de mim, queimando, cedeu. Não senti nenhum alívio.

"Ele saiu de cima de mim. De repente, começou a me enxergar. Um semblante de horror substituiu o sorriso atordoado no rosto.

"'Oh, meu Deus', ele se sobressaltou. 'O que foi que eu fiz?'

"Peguei minha roupa e fugi. Me tranquei no banheiro e enchi a banheira. Freneticamente, fiquei tentando me limpar.

"Mais tarde naquela noite, descobri que Ted tinha fugido no carro e se atirado de um penhasco."

Quando parei de falar, percebi que Bill ainda estava na sala. Ele tremia.

"O que foi que eu fiz para você, Claire? Eu deveria ter percebido. Olha", sua mão pegou gentilmente a minha, "você acha que algum dia vai ser capaz de confiar em mim?"

"Sim", eu disse. "Mas vou ter que ir devagar. Ainda tenho muito medo dos homens."

"Vai demorar um tempo", disse Bill. "Mas um dia você vai querer que eu te toque e abrace e tudo mais. Por enquanto, eu te amo, amo a verdadeira Claire, porque sei tudo a seu respeito.

"Todo o resto vai acontecer."

Agora eu penso que devo ser uma das garotas mais sortudas do mundo. Toda noite, agradeço a Deus por ter me enviado meu Bill. Se não fosse por ele, eu teria passado a vida como uma solteirona solitária e amargurada. Em vez disso, com a ajuda do homem que eu amo, me tornei afinal uma mulher de verdade. Os últimos meses foram um sonho, e sei que há coisas ainda melhores por vir. Semana que vem, Bill e eu vamos nos casar, e, com tudo que tem acontecido com a gente, não podemos deixar de ser felizes.

"Se você for bonzinho comigo e me enviar presentes, principalmente dinheiro, para que eu possa imprimir este lixo", exclamo, rolando bêbada nas minhas pernas de palito, "posso lhe contar outra história":

a verdadeira história de uma mulher rica:
QUERO SER ESTUPRADA TODAS AS NOITES!

Eu caminhava pela rua. Não estava fazendo nada. Só procurando um pouco de ação.

Era noite, tarde da noite, Times Square. As luzes de neon azuis amarelas verdes vermelhas brancas e violeta ainda piscavam. Não vão parar de piscar pelas próximas duas horas. E ainda vai estar escuro. Está sempre escuro na Times Square: apenas os ratos vivem lá, ratos e alguns desses insetos nojentos que só aparecem à noite.

Meu nome é Jacqueline Onassis.

Continuei andando pela rua brilhante levemente molhada. As luzes neon piscavam para mim, dando uma piscadela convidativa para desejos gostosos que eu não sabia existir. Em um beco escuro, sete mulheres peladas esperam para lentamente tirar a minha roupa. Uma tem a língua embaixo de meu braço esquerdo. Outra tem a mão enfiada na carne macia da minha coxa. Tesão. Há uma mulher à minha espera perdidamente apaixonada por mim. Na verdade, ela não consegue viver sem mim. O dia todo, a cada minuto acordada, ela enxerga o meu rosto, meu rosto com o dobro do tamanho pairando diante dos olhos, minhas mãos entrelaçadas, pressionando, bagunçando os pelos de sua boceta. Ela sonha que estou molhada: minhas coxas são pilares. Unindo-se no topo. A água escorre lá de dentro. Estou tão molhada e ansiosa que o suor jorra de mim. "Vem me pegar", sussurro para ela. "Vem me pegar e me dar um trato."

A rua ainda estava molhada e brilhante. Senti uma mão tocar de leve meu ombro.

Rapidamente me virei.

"Olha", um jovem moreno disse para mim, colocando o pau ereto para fora da calça. "Viu o que você fez comigo? Toda vez que vejo você. Três noites eu tenho te seguido. Três vezes tive que me aliviar sozinho."

Eu ri. "Ninguém te contou que isso é ruim para você? Vai acabar atrapalhando seu crescimento se fizer demais."

Ele não riu. "Quando você vai passar uma noite inteira comigo? Só uma vez, para que a gente consiga fazer amor..."

Eu ri de novo. "Você é muito guloso. Sou uma mulher casada com responsabilidades. Tenho que estar em casa toda noite para poder ver meus filhos ao acordar pela manhã."

"O que aconteceria de tão terrível se você não estivesse lá?", ele disse, emburrado.

"Eu teria negligenciado a única obrigação que meu marido exige de mim", respondi. "E isso não é algo que eu faria."

"Seu marido não liga. Do contrário, teria vindo ver você e as crianças pelo menos uma vez nos últimos três meses", ele retrucou.

Minha voz ficou fria. "Como você sabe disso? O que meu marido faz ou deixa de fazer não é da sua conta."

Ele percebeu na mesma hora que havia falado demais. "Mas eu amo você. Estou ficando maluco de tanto te querer."

Balancei a cabeça devagar. Relaxando. "Então mantenha as coisas na perspectiva apropriada", disse. "E, se vai continuar brincando com o pau, melhor ir até o bar mais próximo antes que a polícia te prenda."

"Se eu for, você me chupa?"

Eu estava chapada. A área particular do Metrópole estava lotada. As luzes estroboscópicas eram como câmeras de stop motion nos meus olhos. A batida pesada da banda de rock torturava meus ouvidos. Tomei outro gole de vinho e observei a multidão. Estava irritada com o homem de cabelo preto. Ele parecia achar que tinha tudo sob controle. De certa forma, era como uma mulher, só que parecia pensar que o mundo girava em torno do próprio pau. Eu estava começando a me entediar com ele, mas não via nenhuma outra possibilidade. Foi o tédio que me levou a fumar um fino. Normalmente nunca fumo em público. Mas quando a inglesa me ofereceu um tapa, aceitei.

Depois disso não me incomodei mais nem um pouco com a noite. Parecia que nunca tinha gargalhado tanto na vida. Todos estavam excruciantemente espertos e brilhantes. Agora eu queria dançar, mas todos estavam ocupados demais conversando.

Abandonei minha cadeira e fui sozinha até a pista de dança. Abrindo caminho em meio à multidão, comecei a dançar. Me entreguei à música, feliz no meio da cidade de Nova York, onde ninguém acha estranho que uma mulher ou um homem queiram dançar sozinhos. Fechei os olhos.

Quando voltei a abri-los, o negro alto bonitão estava dançando na minha frente. Ele flagrou meu olhar, mas não nos falamos. Ele se movia fantasticamente bem, o corpo fluía sob a camisa, aberta até a cintura e presa em um nó apertado logo acima do jeans preto colado.

Comecei a me mover com ele.

Depois de um tempo, quebrei o silêncio. "Você é do Sul, não é?"

"Como você sabe?"

"Você não dança como os homens daqui. Eles se sacodem para cima e para baixo."

Ele riu. "Eu nunca ia pensar uma coisa dessas."

"De onde você é?"

"Da terra dos branquelos", ele disse. "Geórgia."

"Nunca estive lá."

"Não está perdendo nada." Ele olhou para mim. "Eu gosto mais daqui. A gente nunca poderia fazer uma coisa dessas lá."

"Sério?", perguntei.

"Sério", ele disse. "Eles nunca mudam."

"Meus pais me mandaram para um internato aqui quando eu tinha oito anos. Voltei para a Geórgia quando meu pai foi morto – eu tinha dezesseis anos na época, mas não aguentei. Vim direto para Nova York assim que juntei grana o suficiente."

Eu sabia o quanto internatos em Nova York custavam, e não era barato. A família dele devia ter dinheiro. "O que seu pai fazia?"

Sua voz não se alterou. "Era cafetão. Estava metido em tudo. Mas era negro, e os brancos não gostavam disso, então o furaram num beco e culparam um crioulo qualquer. Daí enforcaram o crioulo e ficou tudo bem."

"Sinto muito."

Ele deu de ombros. "Meu pai tinha dito que fariam isso um dia."

A música parou de repente e meu grupo chegou. O toca-discos começou uma música lenta. "Foi bom falar com você", eu disse, começando a voltar para a mesa.

A mão dele no meu braço me deteve. "Você não tem que voltar para lá."

Não falei nada.

"Você parece ser uma moça bem dinâmica, e não tem nada lá além de caipiras", ele disse.

"No que você está pensando?", perguntei.

"Em ação. Isso é algo que herdei do meu pai. Sou um homem dinâmico. Por que você não me encontra lá fora?"

Mais uma vez não falei nada.

"Reparei no seu olhar", ele disse. "Você deve estar bem brochada com o cara de cabelo preto lá, não é?" Ele sorriu de repente. "Já transou com um homem negro?"

"Não", respondi. Nunca.

"Sou melhor do que dizem que somos", ele afirmou.

"Está bem", eu disse. "Mas temos só uma hora, mais ou menos. Tenho que ir embora depois."

"Uma hora é o suficiente", ele gargalhou. "Em uma hora eu te levo pra lua e trago de volta."

Quando saí, ele estava do outro lado da rua, vendo a última loja fechar para a noite. Ele se virou quando ouviu o som dos meus saltos na calçada. "Algum problema para sair?", perguntou.

"Não", respondi, "eu disse a ele que ia ao banheiro."

Ele soltou um sorriso largo. "Você se importa de andar? Minha casa é logo na rua de cima, depois do Paradise."

"É o único jeito de chegar à lua", falei, pondo-me ao lado dele.

Apesar da hora, ainda havia garotas de programa andando de um lado para outro. Elas estavam ocupadas com sua principal forma de diversão: olhar uma para outra e tentar evitar os policiais que circulam por ali. Para muitas, era a única coisa a fazer, uma vez que tinham catorze anos ou mais, velhas demais para o comércio de rua. Quando não tem dinheiro e nenhuma fonte de renda, a maioria das pessoas em uma cidade vive sem piedade.

Dobramos a rua, passamos pelo Paradise, com seu cheiro de suco de boceta seca e mijo e começamos a ver a fria e deserta calçada. Na metade do quarteirão, paramos em frente ao prédio mais sujo de todos. Ele abriu a porta com uma chave gigante. " Ficamos a sete andares da rua."

Assenti com a cabeça e o segui pelas velhas escadas de madeira. O apartamento dele ficava no começo do sétimo andar. Não havia luzes no corredor.

Entrei no apartamento. O quarto era escuro. Ouvi um estalo. O quarto se encheu com uma suave luz vermelha que vinha de duas lâmpadas, uma de cada lado da cama contra a parede distante. Observei o quarto curiosamente.

Não havia ali nenhum outro móvel além de uma cadeira de metal sem braço. Uma banheira com uma tábua de madeira por cima servia de mesa. Não encontrei privada, apenas uma pia. Ele foi até a cama e enfiou a mão embaixo do travesseiro. Puxou um baseado. Acendeu. O cheiro agridoce chegou às minhas narinas quando ele a segurou perto de mim. "Não tenho nada para beber."

"Tudo bem", eu disse, dando um tapa no baseado. "Essa erva é boa."

Ele sorriu. "Um amigo meu de Istambul que trouxe. Ele também me deixou um pó maravilhoso. Já usou?"

"Às vezes", falei, devolvendo o baseado. Larguei a bolsa e fui na direção dele. Senti o zumbido na cabeça e a umidade entre as pernas. Era mesmo uma erva das boas se um tapa causava aquele efeito. Tirei o nó da camisa dele. "Tenho uma hora."

Deliberadamente, ele colocou o baseado em um cinzeiro, depois arrancou minha blusa transparente pelos ombros, expondo meus seios nus. Segurou em conchinha cada um deles, apertando os mamilos entre o dedão e o indicador até que a dor repentinamente me tomasse. "Vadia branca", ele disse, sorrindo.

Meu sorriso era tão tenso quanto o dele. "Preto sujo!"

Suas mãos me jogaram de joelhos na frente dele. "Melhor você aprender a implorar um pouco se quiser um pouco de pau preto nessa sua bucetinha gostosa."

Eu tinha me livrado da camisa. Puxei o zíper do jeans dele. Ele não usava nada embaixo, e o pau saltou para fora enquanto eu puxava a calça até a altura dos joelhos. Coloquei a mão naquela pica e levei à boca.

A mão dele segurou meu rosto. "Implore!", ele disse, com autoridade.

Olhei para ele. "Por favor", sussurrei.

Ele sorriu e relaxou as mãos, me deixando abocanhá-lo enquanto estendia a mão para a cama, de onde tirou um pequeno frasco cheio de pó. A colherzinha dourada presa à tampa com uma pequena corrente de contas. Com habilidade, ele encheu a colher e a cheirou em cada narina. Então, olhou de cima para mim.

"Sua vez", disse.

"Estou satisfeita." Eu estava beijando o pau dele e lambendo os testículos. "Não preciso de nada."

"Vadia branca!" Ele puxou meu cabelo e estapeou minha nuca. Em seguida, me colocou de pé, encheu uma colher e a segurou embaixo da minha narina. "Você faz o que eu mandar. Cheira!" Puxei o pó que ele tinha colocado na colher para o nariz. Quase no mesmo segundo ele tinha enchido outra colher embaixo da minha outra narina. Dessa vez cheirei sem dizer nada. Senti uma leve dormência no nariz quase de imediato. Então o pó explodiu no meu cérebro e senti sua força na genitália. "Meu Deus!", exclamei. "Isso é foda. Gozei só de dar um teco."

Ele riu. "Você ainda não viu nada, querida. Vou te mostrar uns truques que papai me ensinou com essa parada."

Alguns momentos depois estávamos pelados na cama e eu gargalhava. Nunca me sentira tão bem. Ele pegou outra colherada e esfregou o pó nas gengivas, me obrigando a fazer o mesmo. Em seguida, lambeu meus mamilos até eles ficarem molhados pela língua, polvilhou um pouquinho do pó branco neles e então passou a atacá-los com a boca e os dedos.

Eu nunca tinha sentido eles crescerem tanto e tão duros. Depois de algum tempo, pensei que eles fossem explodir no prazer agonizante. Comecei a gemer e me contorcer. "Me come", eu disse. "Me come!"

"Ainda não", ele riu. "Estamos só começando."

No momento seguinte as luzes estavam apagadas, e o canibal selvagem saltou na cama comigo. Nessa hora eu berrei, não pude evitar; e, soltando um grunhido de admiração, ele começou a me sentir.

Depois de um momento eu estava gritando como nunca antes. Cada orgasmo parecia me deixar mais louca do que nunca. Procurei pelo pau dele e, ao encontrá-lo, me abaixei para colocá-lo na boca. Chupei gulosamente. Queria engolir tudo, me engasgar até a morte com aquela gigante e bela ferramenta.

"Ah, deixa de merda", diz Norvins, arrastando o enorme corpo para dentro do salão. "Os meninos já estão roncando, Toulouse, e você não para de falar."

"Norvins", tenho lágrimas nos olhos. "Você acha que Peter cometeu os assassinatos?"

"Peter? Peter, o puto?"

Faço que sim com a cabeça.

"Não seja ridícula. Peter é um doce."

"Ele teve uma infância esquisita. O pai fazia trabalho de propaganda para o governo estadunidense. A mãe era membro do Partido da Juventude Socialista e psiquiatra. O irmão mais novo criava ratos. Ele cresceu entre os Estados Unidos a Alemanha. Sem estabilidade. Além disso, era gordo. Feio. Estava sempre inseguro de si mesmo. Como era um gênio da música, tinha uma confiança implícita. Esse tipo de coisa geralmente leva a assassinatos."

"Por que ele mataria a bobalhona?"

De repente, percebo que não sei do que estou falando. Estou cansada demais para pensar. Todas essas histórias ficam girando na minha cabeça, minha cabeça fica girando como uma lua enlouquecida, eu vou parar de pensar. Marcia...

Uma criança de dez anos que é linda, inocente e pura.

De repente, uma porta se fecha atrás de mim.

Fico sozinha. Os homens que conheço têm me maltratado. Todos pensam que, porque gosto de trepar, podem fazer o que quiser comigo. Pisar em mim. Bater em mim. Nunca me dar presentes. Só me comer quando não têm mais ninguém para comer, porque sabem que estou sempre pronta para trepar. Se eu me apaixonar por uma pirralha de dez anos, talvez encontre o caminho da felicidade. Marcia...

Como seria se Marcia um dia não resistisse – se, enquanto meus dedos acariciassem a superfície macia da parte de dentro de sua coxa, logo acima do joelho, ela relaxasse, permitindo que as coxas se abrissem como um livro de páginas lisas? E então? Então viria uma maciez nas pontas dos meus dedos, uma maciez úmida e quebradiça sob um emaranhado de cabelos frágeis. O que ela tem lá no fundo, no buraco entre as pernas, como um animal peludo? Será que ele tem vida própria? Será que é uma fera estranha deitada à espreita, com sua maciez transbordante simplesmente servindo de isca para os incautos? Eu daria qualquer coisa para descobrir. Eu caio no sono, uma cortina suave desce sobre meus sentidos. Minha última imagem é de Marcia, a cabeça reclinada, o peito ereto e, como um vasto portal em que desejo me prostrar, o impulso suave, porém musculoso, de suas coxas brancas e escuras.

Em outra parte de Montmartre, em uma casa deserta e decadente na esquina da Rue de Clignancourt com a Picard, em uma parte de Paris que ainda é rural por conta de pequenos canteiros de plantas, mora um casal, um marido e uma esposa que estão juntos, com a graça de Deus, pelos últimos trinta anos.

São os únicos sobreviventes da outrora poderosa família Alexander. Na verdade, não chegam a ser Alexanders, pois a última Alexander, a velha, bela e rica vadia sra. Alexander, já morreu, mas o casal serviu a família por tanto tempo que acabou herdando, ou mantendo vivos, seus misteriosos atributos. Eles influenciam os sonhos das pessoas. Rhys, Peter, Norvins e Poirot, arrogantes nas ruas de Montmartre ao meio-dia, não são melhores do que escravos para esses servos dos Alexanders ao participarem da comunidade do sono às avessas.

Duas outras pessoas vivem nessa casa de madeira caindo aos pedaços. Um jovem arquiteto, que construiu a casa e o jardim em volta e agora se afeiçoou por esse emaranhado vivo de árvores, arbustos e água, e Marcia, a jovem filha de Vincent van Gogh com uma prostituta sórdida por quem Vincent se apaixonou em Haia por volta de 1881. Marcia é uma das criaturas mais inocentes do mundo. É muito bonita; tão graciosa quanto um pássaro, e do mesmo jeito que um pássaro: desajeitada; tão agradável na casa quanto o brilho de um raio de sol caindo no chão em meio à sombra de folhas cintilantes, ou quanto uma língua de fogo dançando na parede à medida que a noite se aproxima. Doura tudo em uma atmosfera de amor e alegria.

O arquiteto é outro tipo de pessoa. Considera-se um pensador, e sem dúvida é bastante pensativo, mas, com seu próprio caminho a descobrir, talvez ainda não tenha chegado nem perto do ponto em que um homem educado começa a pensar. O verdadeiro valor de seu caráter está na profunda consciência da própria força interior, que faz com que todas as suas vicissitudes passadas pareçam uma mera troca de roupas; no entusiasmo silencioso e quase despercebido que enche de calor tudo que ele toca; na ambição pessoal, escondida – de si mesmo e dos outros – entre os seus impulsos mais generosos, na qual se espreita uma certa eficácia, que talvez o consolide de teórico em defensor de alguma causa viável. Considerando tudo, na sua cultura e na sua vontade de cultura – em sua tosca, rebelde e nebulosa filosofia e na experiência prática que se contrapõe a algumas das tendências dessa filosofia; em seu zelo magnânimo pelo bem-estar do homem e em sua imprudência com tudo que os séculos estabeleceram a favor do homem; em sua fé e em sua infidelidade; no que ele tem e no que ele não tem –, o artista talvez possa se apresentar de maneira suficientemente adequada como representante de muitos pares em sua terra natal.

O sol incide nos galhos emaranhados, na grama comprida e ondulante, nas plantas, nos montes de pedra, nos estranhos labirintos do jardim. Marcia está parada em frente a um riacho, de costas para a casa, vestindo uma blusa sem mangas presa no pescoço e uma calcinha. O sol bate em seu corpo. Ela coloca a mão nas costas e desafivela a blusa, e, dando meia-volta, tira a calcinha. Entra no riacho, se banha, então veste a calcinha. Lentamente, coloca a camisa ao redor do peito e prende as alças no pescoço.

O jovem artista sente fracas gotas de perspiração na testa. Esta é a primeira vez que vê uma menina de dez anos completamente nua. Ele nunca pensou que elas poderiam ser tão belas e excitantes.

Caminhando em silêncio, ele passa para uma parte mais densa do bosque, onde não consegue mais enxergá-la. Fecha os olhos e afunda no solo, ainda tremendo. Por um longo momento fica sentado ali, a dor do calor crescendo dentro dele, quase o dobrando em dois.

Lentamente, começa a discutir consigo mesmo. Não. Ele não pode. De novo, não. Se se entregar agora, vai se entregar sempre. Finalmente, começa a se sentir melhor. Coloca as fotografias francesas que Norvins lhe deu no chão, para que possa enterrá-las. Tudo de que você precisa é de um pouco de autocontrole e determinação. Ele põe as imagens viradas para baixo em um toco de árvore. Começa a se sentir orgulhoso de si mesmo. Nunca mais vai olhar aquelas fotografias.

Ele se deita de costas na terra. O sol faz sua mente divagar. Ele se esquece das fotos.

Quando está prestes a cair no sono, escuta passos. Não quer levantar. Ele então se lembra. Congela. Atordoado pelo sol, se atira na direção do toco de árvore.

Ela está ao lado do toco com as fotografias na mão. Olha para ele, surpresa. "Scott, onde foi que você arrumou essas fotos?", ela pergunta, uma excitação curiosa na voz.

"Me dê isso!", ele ordena, andando na direção dela.

"Não!", ela retruca, virando de costas para ele. Sua perna esquerda se levanta no ar. "Não terminei de ver ainda."

Com agilidade, ela gira para longe da mão que tenta alcançá-la, para o outro lado do toco. "Me deixa terminar", diz calmamente. "Aí você pode pegar de volta."

Ela se vira para escapar da mão pesada de Scott, mas ele agarra seu ombro. As fotografias voam quando ela cai em cima dele. Ela tenta pegá-las. Ele a segura pela alça da blusa para tentar impedi-la, e a alça arrebenta. Ele congela e encara o peito branco dela.

"Você arrebentou a alça", ela diz calmamente. Não faz nenhum gesto para se cobrir. Os olhos observam o rosto dele.

Ele não a responde.

Ela sorri e levanta a mão para o seio, esfregando a palma gentilmente pelo mamilo. "Eu sou tão bonita como todas as meninas naquelas fotos, não sou?"

Ele está fascinado, incapaz de falar. Seus olhos seguem o movimento da mão dela. "Não sou?", ela pergunta de novo. "Você pode me dizer. Não vou contar para ninguém. Por que você acha que eu deixei você me ver tomando banho?"

"Você sabia que eu estava vendo?", ele pergunta, surpreso. Ela ri. "Claro, seu bobo. Eu conseguia te ver da água. Quase morri de rir. Pensei que seus olhos iam saltar das órbitas."

Ele consegue sentir a tensão se acumulando dentro de si. "Não achei nada engraçado."

"Olhe para mim", ela diz. "Gosto que você me olhe. Queria que todo mundo olhasse." Ela gira, afastando os joelhos das coxas.

"Isso não está certo", ele diz.

"Por que não?", ela questiona. "O que é que tem de errado? Eu gosto de olhar para você; por que você não poderia olhar para mim?"

"Mas você nunca me olhou", ele responde rapidamente.

Um sorriso surge nos lábios dela. "Ah, olhei sim."

"Olhou? Quando?"

"Na outra noite, quando você voltou da Norvins. Eu sei o que você faz lá. Não tinha ninguém em casa e vi você pela fechadura do banheiro. Vi tudo que você fez."

"Tudo?". A palavra escapou de sua boca como um carinho.

"Tudo", ela diz, cheia de si. "Você estava exercitando seu músculo." Seus olhos encontraram os dele. "Eu não sabia que podia ficar tão grande. Sempre achei que era pequenininho e meio caído como estava no começo."

Ele tem a garganta apertada. Mal consegue falar. Começa a se levantar do toco da árvore. "Acho melhor você sair daqui", diz roucamente.

Ela olha para ele. Sorrindo. "Você gostaria de me ver inteira?"

Ele não responde.

Ela ergue a mão e desamarra a alça da blusa. Dá meia-volta, tira a calcinha. Ele encara o corpo nu dela, sentindo as pernas começarem a tremer. Percebe que ela o avalia com os olhos. Tem a camisa aberta. Volta a olhar para ela.

"Agora tira a sua roupa e me deixa ver você inteiro", ela diz. Como se num arrebatamento, ele deixa a camisa cair, então a calça escorrega para o chão. Ele geme e cai de joelhos, segurando-se.

Rapidamente ela vai até ele e o olha de cima. Um débil som de triunfo aparece em sua voz. "Agora", ela diz, "você faz para mim." A mão dele se ergue para tocar o peito dela. Ela deixa que ele a toque por um momento, então, de repente, se afasta. "Não!", diz bruscamente. "Não encosta em mim!"

Ele a encara mudo, a agonia se espalhando por seu corpo em ondas.

Os olhos pesados dela o observam.

"Faça para mim", ela diz, com uma voz áspera. "E eu farei para você. Mas não encosta em mim!"

5

COMO O AMOR PODE LEVAR OS JOVENS AO ASSASSINATO

O nome verdadeiro de Scott, o jovem artista, é James Dean. O nome verdadeiro de Marcia é Janis Joplin.

James e Janis se apaixonaram loucamente quando James, ou Jimmy, estava trabalhando em *Juventude transviada*. Eles eram crianças e ainda não estavam insensibilizados, ainda não tinham sido levados à ausência de sentimentos pela cena hollywoodiana: ainda eram capazes de se apaixonar. Freneticamente, desesperadamente, sem hesitação. Com todas as esperanças insanas, fantasias, mitos e desejos que as crianças têm. Jimmy tinha 24 anos. Janis, apenas nove. Eles estavam infelizes e assustados. Não compreendiam o mundo onde haviam sido jogados. E não apenas conseguiram escapar um no outro; conseguiram também reforçar a fantasia um do outro de que a constante solidão e paranoia do mundo não mais existiam para eles.

Eram o perfeito caso de amor estadunidense.

Juventude transviada conta uma história antiga, como *Os dias escolares de Tom Brown*: as aventuras de um garoto, a labuta e os triunfos do primeiro dia em uma nova escola. Jim Dean interpreta o jovem Jim Stark, o novo garoto do Colégio Dawson. O que diferencia *Juventude transviada* das tradicionais aventuras escolares é que a escola não é mais o único campo de ação relevante. A maior parte do filme se passa fora do Colégio Dawson, tarde da noite, em um submundo adolescente de violência, romance e morte. Há também novas figuras de autoridade, mais poderosas: os pais e a polícia. Em *Juventude transviada*, Jimmy Dean interpreta a si mesmo. Ele é vítima e herói: o garoto que aprende a ser mau porque não consegue ser bom em uma sociedade cuja bondade é horrível. O garoto que mantém a inocência e a vulnerabilidade enquanto aprende. A sociedade corrompida. Jimmy não só atuou nesse filme, mas ajudou o diretor Nicholas Ray a criá-lo. Jimmy fez isso enquanto estava sozinho, brutalmente sozinho, confuso com sua homossexualidade e com o repentino sucesso que estava fazendo. O mundo hollywoodiano em que ele gravou o filme era na verdade muito mais complexamente corrompido do que a sociedade em *Juventude Transviada*. Todos em Hollywood carregam o inferno no coração.

Se Jimmy estava só, Janis estava ainda mais. Ela tinha fugido do tédio e da hostilidade de sua cidade natal, Port Arthur, no Texas, para encontrar um lugar que fosse como ela: borbulhante e selvagem. Venice, em Hollywood, todo o sul da Califórnia naqueles tempos estava cheio de pirados, mas Janis era muito desconfiada, muito insegura de si mesma para conversar com alguém.

Um dia, quando estava sentado na cafeteria da Warner Brothers, Jimmy a encontrou. Notou uma garotinha sentada do outro lado da mesa. Era tão jovem que tinha que estar com os pais, mas não estava. Parecia tão inocente. Jimmy estava intrigado. "Ei", ele disse para a garota cabeluda, "o que você está fazendo aqui?"

"O que quer dizer com 'o que estou fazendo aqui'?", ela respondeu, beligerante. "Tenho tanto direito de estar aqui quanto você." Janis percebera como Jimmy era bonito, mas não ia demonstrá-lo.

"Você é só uma criança."

"Não sou." Ela puxou a manga da camisa imunda e mostrou a ele as marcas de seringa cobrindo o braço.

Jimmy sorriu, desdenhoso. "E daí? Só moleques que querem agir como gente grande fazem isso. Atores de verdade têm que se cuidar."

Janis se sentiu humilhada. "Vai tomar no cu. Estrelinha."
Jogou para trás o longo cabelo castanho. "De qualquer jeito, não sou
atriz. Sou cantora. Canto blues."

"Ei, Jimmy, é a sua vez", ressoou a voz de Natalie Wood. Natalie interpretava Judy, a protagonista de *Juventude transviada*.
Jimmy decidiu que queria ver a pirralha de novo. Ela não
era como nenhuma outra garota que ele conhecia. "Escuta." O dedo
apontando o rosto dela. "Espera aqui, eu volto em três horas."

Quando Jimmy dirigiu seu MG até a porta da cafeteria da
Warner Brothers, o coração de Janis começou a palpitar. Que coisa
mais louca de se fazer, pensou consigo mesma. Aqui está um homem em que eu quero ser capaz de mandar. Ele é durão, rebelde e
mau. Preciso de um homem mau porque também sou má e rebelde.
E também sou inteligente demais para uma mulher. Preciso de um
homem que possa me ajudar um pouco, porque esta sociedade morta não gosta de mulheres inteligentes. Um homem que possa me
ensinar alguma coisa. Preciso de um homem que consiga pisar um
pouquinho em mim. Uma mulher tem que ser pisada, do contrário
deixa de ser forte e má e não consegue mais lidar com a sociedade.
Quer dizer, tenho que sobreviver e tenho que continuar sobrevivendo. Dum, dum, dum.

Esse cara não é que nem os escrotos de Port Arthur. Aqueles
atletinhas e caipiras que tiravam sarro de mim e diziam para os filhos não andarem comigo, porque eu não era feminina o suficiente
e não era bonita o suficiente e não fazia AS COISAS DIREITO.

Esse cara provavelmente não gosta de mim. Homens fortes
nunca vão atrás de gatas poderosas como eu, que têm visões. Eles
têm suas próprias visões e só querem uma gata bonita que lhes diga
sim e deixe a vida deles mais fácil. É tudo que querem.

Mas eu preciso ser amada e tenho que receber amor de um
cara que seja real para mim. Preciso de um motoqueiro durão. Então vou pegar qualquer coisa que esse garoto me oferecer e vou fazer
o que ele quiser, o quanto eu conseguir, então ele vai me amar um
pouquinho. Se ele me chutar e me jogar fora, pelo menos vou ter
ganhado um pouquinho de amor bom. Quando acabar, acabou.

Assim que Janis entrou no carro, Jimmy parou de olhar para ela. Queria que ela o rejeitasse. Como se estivesse sozinho, começou a acelerar o MG 1953 vermelho pelo Santa Monica Boulevard e pelo Venice Boulevard até uma área deserta da praia de Venice. Parou o carro em uma velha casa de praia em ruínas, pelo menos para os padrões da Califórnia.

Saiu do carro e, com as mãos nos bolsos, começou a arrastar os pés em direção ao mar. Janis não ia ser deixada de lado assim. Maldição, ele ia olhar para ela. Olha para mim! Olha para mim! O corpo dela gritava. Ela correu até Jimmy e começou a enchê-lo de socos.

"Só porque você é uma porra de uma ESTRELA DO CINEMA", os olhos, a pele e o cabelo dela pareciam acender e explodir, "acha que pode me ignorar. Você é igualzinho a todos os outros escrotos que já conheci." Ela estava se esforçando ao máximo para não chorar.

Jimmy sorriu. Parecia tímido e infantil. "Certo, vamos ver se conseguimos ser amigos." Eles deram as mãos e caíram na areia. O corpo de Jimmy era magro e musculoso. Janis já estava apaixonada por ele.

"Eu vou contar tudo", disse Janis. "Eu quero cantar, cara. É tudo que há para mim. Eu tenho essa visão, e ela está me enlouquecendo. Tipo a Zelda Fitzgerald.

"Você não vai entender porque é homem."

"Eu entendo o que é ser arrastado. Minha mãe morreu quando eu tinha nove anos. Partiu de uma hora para outra. Daí o meu pai me expulsou de casa. Eu sabia que era mau e que tinha de criar meu próprio mundo. Sério. Não só fantasiar. Criar meu próprio mundo."

"Você ainda não entende." De repente, Janis não se importava mais se o impressionava ou não. Estava ocupada demais com a própria dor. "Os homens podem fazer o que querem. As mulheres no show business, cara, elas cantam com a porra das entranhas porque abriram mão de mais coisas do que você jamais poderia imaginar. Se têm filhos, abrem mão deles, qualquer mulher abre mão de uma vida doméstica, de um pai, provavelmente, de uma casa e dos amigos; você abre mão do pai e dos amigos; de cada constante neste mundo, menos da música. É a única coisa que você tem, cara."

"Acontece a mesma coisa com os homens", disse Jimmy, pensativamente. "Um ator nem tem uma constante como a música. Tudo no mundo é apenas uma ferramenta para ele, nada mais."

"Mas você consegue transar, cara! Toda estrela de cinema transa! Já eu sou mulher: não quero um puxa-saco, quero alguém que seja maior e mais forte e mais corajoso do que eu. Quando estou na estrada, onde vou encontrar um homem assim? Homens assim querem puxa-sacos, não mulheres com quem vão ter que brigar o tempo todo. Eu estou sempre sozinha, cara."

Jimmy olhou para Janis com um ar sério. Ela estava sendo honesta e, como ele, sentia a própria maldade. "Eu estou sozinho também, Janis. Estou tentando me tornar outra pessoa, ser JAMES DEAN, mas estou me matando, não sei quem eu sou nem onde estou. Quanto ao sexo", ele olhou para ela mais de perto, "não tenho dividido a cama com ninguém. Tenho mandado todas as garotas que conheço à merda porque não passam de prostitutas estúpidas, estéreis, molengas. O que você acha disso?"

"Acho que vamos ser amigos, cara." Eles se olharam por um longo tempo.

E começaram a sentir que haviam encontrado algo que tinham perdido muito tempo antes, algo de que nem conseguiam lembrar. Agora podiam relaxar. Começaram a brincar um com o outro e a soltar risadinhas, como crianças.

Muitas vezes falavam sobre si mesmos e seus problemas, sobre filmes e atuação, sobre a vida e a vida após a morte. Então andavam lado a lado, sem dizer nada, mas comunicando em silêncio o amor um pelo outro.

Estavam começando a ter uma compreensão completa um do outro.

Eles eram como Romeu e Julieta, juntos e inseparáveis. Às vezes, na praia, sentiam tanto amor um pelo outro que só queriam caminhar juntos para o mar, de mãos dadas, porque sabiam que assim sempre estariam juntos.

Não é que quisessem se suicidar.

Eles amavam a vida, só queriam ficar perto um do outro para sempre.

Não queriam ser vistos juntos em estreias de filmes ou boates.

Não queriam sair nas colunas de fofoca ou serem vistos em festonas de Hollywood.

Eram crianças juntos, e era assim que gostavam.

Começaram a se ver o tempo todo quando não estavam filmando ou cantando. Eram jovens e queriam aproveitar a vida juntos, e assim o fizeram.

Mais do que qualquer outra pessoa, Henry Kissinger está determinando nossas vidas nos anos 1970.

Em 20 de janeiro de 1969, o governo dos Estados Unidos caiu nas mãos de um grupo de homens indistintos no que dizia respeito ao intelecto, à personalidade ou à visão. Levados ao poder no fim de uma década atormentada, eles foram escolhidos não tanto por admiração ou entusiasmo, mas por medo, ódio e desespero. Ninguém se dignaria a lhes conceder os louvores superficiais que haviam adornado frequentemente seus predecessores, mesmo nas piores horas de pobreza e crueldade e guerra; nessa administração não houve Mil Dias, nem Nova Fronteira, nem A Grande Sociedade. Era como se todos tivessem percebido imediatamente a óbvia inferioridade deles e esperado que o país pudesse de algum jeito se virar até algum momento no futuro quando, renovado e revigorado, tomasse um jeito e produzisse alguma liderança onde antes existia apenas um simples vazio.

Nesse cenário desolado e pouco promissor, para aqueles que pensam ou presumem saber julgar, uma figura se destaca. Ao contrário das demais, ele é esperto, determinado, um intelectual incansável – um dos homens mais brilhantes, alguns dizem, que este país já produziu. Tolerante e pragmático, ele não está preso aos erros do passado, mesmo aqueles que chegou a defender. Atrevido e impenetrável, sim, mas ainda lhe resta uma certa humildade que claramente faltava a seus predecessores mais rígidos e arrogantes: ele possui um forte reconhecimento dos Estados Unidos e de suas próprias limitações, e prometeu seguidamente que nenhuma delas será levada ao limite. Os dias em que os Estados Unidos pagariam qualquer preço, carregariam qualquer cruz, enfrentariam qualquer dificuldade, lutariam contra qualquer inimigo para realizar a defesa da liberdade haviam resultado em certo espírito público e elã; mas, em retrospecto, levaram a um comprometimento excessivo, perdas e destruições inúteis ao redor do mundo. E, naquelas horas de crise, o presidente dos Estados Unidos estava cercado de homens sem tolerância e perspectiva crítica, homens que cegamente insistiam que o país continuasse no mesmo curso fútil de ação que eles próprios haviam iniciado. Agora, porém, seria diferente: haveria um senso de proporção. As pessoas na verdade muitas vezes se perguntam como ele emergiu dessa multidão de homens banais e medíocres e, mais importante ainda, até que ponto terá influência e quanto tempo irá durar.

A principal questão da nossa época é: como uma guerra generalizada e a destruição nuclear total podem ser evitadas? A resposta de Kissinger é: com uma guerra limitada. Kissinger foi levado a acreditar na guerra limitada por conta de sua fé na aplicabilidade universal da diplomacia ao estilo de Metternich, uma diplomacia que pressupõe uma área comum de interesse e entendimento, e uma também de conflito, entre as partes rivais. "Buscando evitar os horrores de uma guerra generalizada ao traçar uma alternativa, desenvolvendo um conceito de limitação que combine firmeza com moderação, a diplomacia pode novamente estabelecer uma relação de forças mesmo na era nuclear."

Quais são os requisitos de tal diplomacia?

Um diplomata, para ser efetivo, deve possuir certo grau de credibilidade. Sob as circunstâncias do compromisso mundial dos Estados Unidos – um compromisso que, devido a seu próprio escopo, parecia desafiar crenças – e da condição de instabilidade geral mundial gerada, entre outros motivos, pela avançada tecnologia nuclear que muitas nações agora possuem, a credibilidade de Washington e de seus representantes internacionais deve ser total e constante. Os diplomatas de Washington devem ter a liberdade e o poder de lidar com manobras táticas incrivelmente sutis e difíceis. Isso significa que não devem ser assediados pela opinião pública ou pelas necessidades da política doméstica.

De acordo com Kissinger, "é o presidente que decide, e ele, portanto, tem que se sentir confortável com a forma como as escolhas lhe são apresentadas ou mesmo com o fato de querer ter escolhas". A presidência é necessária apenas para as decisões sobre o papel dos Estados Unidos nas relações internacionais. Na condição de chefe da diplomacia, o presidente é seu próprio secretário, seu próprio conselheiro, seu próprio escrivão. Uma das consequências da "diplomacia" de Kissinger.

A história de *Juventude transviada* teve um grande papel no romance de Jimmy e Janis, então deve ser contada: *Juventude transviada* é a história de Romeu e Julieta. Jimmy é a primeira pessoa que vemos no filme, caindo de bêbado na calçada, se contorcendo perto de um macaco de brinquedo que está ludicamente tentando cobrir com um pedaço de papel, enquanto os créditos e títulos aparecem em letras flamejantes.

Sem ser introduzido ou identificado, Jimmy atua no seu próprio prólogo do filme. Ele interpreta uma criança isolada, indefesa, delirantemente fechada em sua própria fantasia protetora, como um habitante de outro mundo, ilhado em uma imunda sarjeta de concreto. Jimmy moldou sua pose a partir de uma de suas pinturas favoritas, *O toreador morto*, de Manet, e, em suas ações deliberadamente lentas, o herói é introduzido para nós quase embrionário, uma criança com seu brinquedo mecânico, que não deseja nada além de ficar sozinha com seus sonhos.

No curso de sua jornada noturna, Jimmy (Jimmy Dean) é enviado para o reformatório juvenil – um labirinto frio e estéril com divisas de vidro e telefones estridentes, melancólico e bizarro, com infinitos formulários e procedimentos mecânicos. Esses pavilhões são o resultado da indiferença paterna e da incapacidade dos pais de entenderem os filhos. Desanimados, os "delinquentes juvenis" aguardam que os verdadeiros culpados venham buscá-los.

Jim foi mandado para o reformatório porque é suspeito de ter espancado alguém. A sociedade envia todas as suas baixas mais jovens ao reformatório. Plato (Sal Mineo) também está nessa câmara de descompressão, porque atirou em um cachorrinho. Judy (Natalie Wood), com casaco e batom vermelhos ardentes, foi recolhida por perambular tarde da noite.

RAY (*o detetive do reformatório*):
Por que você estava na rua à uma da madrugada, Judy? Você não estava procurando companhia, estava? (*Ela começa a chorar.*)

JUDY:
Ele me odeia.

RAY:
O quê?

JUDY:
Ele odeia tudo em mim. Ele me chamou de... Ele me chamou de...

RAY:
Ele te faz se sentir infeliz?

JUDY:
Ele me chamou de vagabunda suja... Meu próprio pai!

Quando chama Jim, Ray reconhece imediatamente o jogo do outro: "Você não me engana, amigo. Como veio para cá sem botas?". Quando Jim tenta acertar Ray, este o convida a "liberar a tensão... descontar na mesa". Jim bota tudo para fora: "Se eu tivesse pelo menos um dia em que não ficasse confuso... Não me envergonhasse de tudo. Sentisse que pertenço a algum lugar". Ray libera Jimmy por falta de provas.

No dia seguinte, os estudantes do Colégio Dawson estão sentados em um auditório escuro, de frente para uma réplica gigante dos céus, escutando a seca e arrastada voz de um palestrante tão parecido com um inseto quanto seu projetor, e assistem a um show artificial, a uma projeção hollywoodiana do universo! Enquanto o palestrante diz,

POR MUITOS DIAS ANTES DO FIM DA NOSSA TERRA, AS PESSOAS IRÃO OLHAR PARA O CÉU NOTURNO E REPARAR NUMA ESTRELA CADA VEZ MAIS BRILHANTE E CADA VEZ MAIS PRÓXIMA,

Jim entra e diz em um sussurro ensaiado para o professor que confere os nomes na porta, "STARK, Jim STARK". Jim é o novo garoto na escola. A turma se vira; o palestrante hesita; Jim desliza para uma cadeira.

Jim tenta se tornar parte da gangue de Buzz (Corey Allen).

VOZ DO PALESTRANTE:
... e Taurus, o touro...

JIM (*em uma boa imitação*):
Muu! (*ele aguarda aprovação.*)

Mas a tentativa de Jim de se infiltrar na gangue tem o efeito contrário ao desejado: faz com que eles caçoem de Jim, aventando a ideia de que seja um covarde:

CENA: Uma tomada angular de Judy, Buzz e o grupo (*vistos pela perspectiva de Jim*). Ele está em primeiro plano. O grupo o encara. Ninguém ri.

CRUNCH (*arrastado*):
É, muu.

BUZZ:
Muu. Que fofinho. Muu.

GOON:
Ei, ele é durão.

CRUNCH:
Aposto que luta com as vacas.

BUZZ:
Muu.

PLATO (*que está tentando ficar amigo de Jimmy, sussurra um conselho*):
Você não devia mexer com ele.

JIM:
O quê?

PLATO:
Ele é motoqueiro. Ela também. É difícil fazer amizade com eles.

JIM:
Eu não quero fazer amigos. (*Ele dá as costas, triste por ter se revelado.*)

VOZ DO PALESTRANTE:
Destruídos como começamos, em uma explosão de gás e fogo.

O professor sem vida que manipula o cosmo com sua projeção idiota dá fim ao mundo:

PALESTRANTE:
Os céus estão parados e frios mais uma vez. Em toda a complexidade do nosso universo e das galáxias além, a Terra não deixará saudades...Pelo alcance infinito do espaço, os problemas do homem parecem triviais e ingênuos. De fato. E o homem, existindo sozinho, parece ser um episódio de pouca consequência... Isso é tudo. Muito obrigado.

PLATO:
O que ELE sabe sobre um homem sozinho?

Fora da escola, Buzz enfia a faca no pneu branco do carro de Jim, enquanto a perna de Judy, vestida em uma meia de nylon, balança sugestivamente na frente do pneu. Jimmy, sentado no parapeito de costas para a gangue, deixa sair um lento e dolorido suspiro. Não tem como evitar a encrenca. Desce do parapeito e vai em direção ao grupo. Goon, depois o resto da gangue e por fim Buzz começam a cacarejar para ele.

Jim pergunta se estão insinuando que ele seja covarde. Ele foi expulso da última escola por "acabar com um cara" que o chamou de covarde. Ele tenta recusar a faca que Buzz lhe estende, mas a gangue sabe que ele na verdade não tem escolha e o encoraja.

Os dois garotos circulam um ao outro, como lobos disputando o território. Buzz parece rosnar, cuidadosamente aproveitando o encontro, enquanto Jim hesita, então avança e é atacado na barriga. Buzz sorri. Jimmy faz uma nova investida e mais uma vez é cortado.

Jimmy vence a luta de facas, mas ainda não é admitido na gangue. Agora, tem que vencer Buzz em um "pega".

Jimmy leva seu dilema para casa. Será que o pai pode ajudar? O pai de Jimmy está usando um avental,

JIM:
Você pode me responder AGORA?

PAI:
Escute, ninguém precisa decidir nada com pressa. Isso não é algo que a gente... Nós temos que pesar os prós e os contras...

JIM:
Não temos TEMPO.

PAI:
A gente cria o tempo. Cadê o papel? Vamos fazer uma lista...

JIM (*gritando*):
O QUE VOCÊ FAZ QUANDO TEM QUE SER HOMEM?

PAI:
O quê?

JIM:
Você vai me impedir, pai?

PAI:
Você sabe que nunca o impedi de fazer nada. (*Jim de repente toma sua decisão e troca a jaqueta que está usando por uma jaqueta vermelha.*) Acredite em mim: você está numa idade maravilhosa. Em dez anos, vai olhar para trás e desejar voltar a ser um garoto. Quando for mais velho, vai rir de si mesmo por ter achado que isso era tão importante.

Jimmy sai correndo da casa a caminho de sua próxima batalha, incredulamente repetindo: "Dez anos... dez anos...".
 O vento uiva pelo planalto aberto, que se estende por centenas de metros. Ele corta a escuridão como a proa de um barco e termina no ar vazio. Há vários carros espalhados ao redor, delimitando ao centro uma espécie de pista. Há muitos garotos presentes, mas muito pouca conversa... Eles estão em pequenos grupos, murmurando e fumando.

BUZZ (*calmo*):
Este é o limite, garoto. O fim.

JIM:
Pois é.

BUZZ:
Eu gosto de você, sabia?

JIM:
Buzz? Por que estamos fazendo isso?

BUZZ (*ainda calmo*):
A gente tem que fazer ALGUMA COISA, não é?

É a última vez que eles conversam, pois durante a corrida Buzz prende a manga da camisa na maçaneta da porta e não consegue sair. Preso dentro do carro, ele embica para o lado, e sua vida acaba em uma "explosão de gás e chamas". Jim, olhando para o abismo, percebe que perdeu seu primeiro amigo.

A namorada de Buzz, Judy, volta para casa de carona com Jim.

Jimmy entra de fininho na casa dos pais. Para esfriar o cérebro superaquecido e curar os nervos em frangalhos, rola um copo de leite gelado na testa.

Jimmy vê o pai assistindo à TV. O pai (Jim Backus) não lhe dá atenção. Jimmy não consegue sair: não consegue desencanar do pai.

A mãe de Jimmy entra na sala. Jimmy conta a eles que se meteu numa encrenca no desfiladeiro. Os pais contam que viram um "acidente ruim" na TV. Jimmy conta que o acidente é real e que ele está envolvido. Os pais não entendem. Jim põe as mãos em volta do pescoço do pai, arrasta-o escada abaixo, empurra-o na poltrona e no chão. A mãe corre atrás deles, aos berros: "PARA! VOCÊ VAI MATÁ-LO, JIM! VOCÊ QUER MATAR SEU PAi?".

Jim foge de casa. Busca o único outro adulto que acredita que pode ajudá-lo – Ray, o detetive do reformatório juvenil. Ray não está na delegacia, mas a gangue está. Eles acham que Jim vai dedurá-los, então Crunch conclui que é melhor dar um jeito nele.

Jim não quer ir para casa. Não tem para onde ir. Ele encontra Judy esperando na garagem dos pais. Ela também fugiu:

JIM:
Eu juro, às vezes a gente só quer o apoio de alguém! Judy, o que é que eu vou fazer? Não posso voltar para casa.

JUDY:
Eu também não.

JIM:
Não? Por quê? (*Não há resposta.*) Sabe de uma coisa?
Eu nunca imaginei que viveria até os dezoito. Não é idiota?

JUDY:
Não.

JIM:
Todo dia eu olhava no espelho e dizia: "O quê? Você ainda está
aqui?". Cara! (*Eles riem um pouco.*) Hoje mesmo, por exemplo.
Eu acordei de manhã, sabe? Então a primeira coisa que aconteceu
foi ver você, e pensei que ia ser um dia incrível e que o melhor era
vivê-lo, porque amanhã posso já não estar aqui.

Como Jimmy beija Judy – o primeiro beijo dos dois
         Há um lugar onde Jimmy e Judy podem se esconder: uma
velha mansão que Plato conhece. Uma casa de veraneio abandona-
da, com jardins alagados, fundações secas, balaustradas de pedra e
candelabros rococós.
         Este é o novo mundo:

PLATO (*segurando o candelabro*):
O que vocês acham?

JIM:
UAU! Bem, agora, então, daí...Vamos passar o verão.

JUDY (*rindo*):
Oh, Jim.

JIM:
Nós alugamos ou estamos querendo comprar, querida?

PLATO:

... Apenas 3 milhões de dólares por mês!

JIM:

Por que não alugamos para a temporada?

JUDY:

Veja, nós acabamos... Oh, diga a ele, querido. Estou morrendo de vergonha.

JIM:

Bom, nós somos recém-casados.

Judy cantarola uma canção de ninar para Plato e ele cai no sono, mas seu sonho com o futuro se torna um pesadelo. Quando os membros da gangue chegam, Plato, aterrorizado como uma criança, e ele é de fato uma criança, atira em um, grita "Você NÃO é meu pai!" para Jim e corre para um arbusto enquanto a polícia chega. Judy e Jim descem correndo a colina atrás de Plato, que invadiu o planetário e se escondeu no espaço escuro e vazio. A polícia chega à porta do planetário. Há luzes, megafones, o detetive Ray, os pais de Jim, a empregada de Plato e policiais.

Os policiais armados cercam o planetário. Ray diz para o menino no planetário sair com as mãos para cima.

PLATO (*tremendo como um cachorrinho*):
Você acha que o fim do mundo vai ser à noite, Jim?

Jim diz a Plato que vai trocar a arma de Plato pela jaqueta que está vestindo. Em seguida, vai descarregar a arma e devolvê-la a Plato.

JIM (*entregando a Plato o revólver vazio*):
Amigos cumprem promessas, não é?

Jim caminha com Plato até a porta do planetário. Plato hesita quando vê as luzes ameaçadoras da lanterna e a multidão sem rosto ao redor. Sai correndo para longe de Jim e Judy e diz aos berros: "Eles não são meus amigos!". A polícia abre fogo e o garoto cai morto.

"Mas eu estou com as balas!", Jim grita para todos e para ninguém. Vai até Plato, o segundo amigo que perde hoje, e fecha o zíper de sua jaqueta.

"Ele estava sempre com frio."

O professor idiota que deu a palestra de astrologia vai até o planetário e não entende nada, o que acontece é que a presidência ganhou mais poder de decisão, enquanto o Congresso e o Pentágono, entre outros, perderam poder.

O segundo requisito da diplomacia de Kissinger é que as decisões diplomáticas sejam tomadas de acordo com as necessidades históricas. Um diplomata deve seguir o curso de ação manifestamente correto, em vez de ceder aos caprichos transitórios da opinião pública. Um diplomata pensa em termos conceituais, porque pensa no longo prazo, ou mesmo com objetivos historicamente visionários.

Quais são as consequências pragmáticas desse pensamento conceitual?

Acima de tudo, Kissinger teme que alguma potência, em nome de uma ideia, como fez Hitler, negue e tente destruir a área comum de interesse e entendimento que as outras potências construíram. O que Kissinger mais teme é a ideologia. Ele vê os Estados Unidos como defensores do mundo livre simplesmente porque são ainda a principal potência não ideológica. Já que a União Soviética é a principal potência ideológica, a prioridade fundamental da política de Kissinger é convencer Moscou de que é infrutífero conduzir negócios internacionais com bases ideológicas. E a expressão mais clara até agora da aversão de Kissinger à ideia de uma política externa ideologicamente orientada é a reaproximação de Washington com a República Popular da China.

Outra consequência do pensamento conceitual de Kissinger, além de seu ódio pela ideologia e a revolução, pois Kissinger é o arquiconservador, é o conceito de "ligação". O fundamento lógico da ligação é que todos os lugares problemáticos no mundo existem num único espaço contínuo que conecta a União Soviética e os Estados Unidos. Nesse contexto, a resolução de um problema depende não tanto dos méritos desse problema em particular, mas do equilíbrio geral do poder no mundo. A tendência de Kissinger tem sido de ligar a Europa, o Oriente Médio e o Vietnã sem se preocupar muito com as sutilezas políticas ou conceituais. Não vendo viabilidade em uma ligação modificada, ele optou por uma ligação total em vez de nenhuma.

Dada essa situação, os Estados Unidos precisam de um grupo de aliados robusto e dependente. A principal discordância de Kissinger com o presidente Kennedy era a certeza de Kissinger de que os Estados Unidos não conseguiriam limitar sozinhos o poder da União Soviética. Por isso, tinham que se comprometer militar e psicologicamente.

Ao mesmo tempo, Kissinger está tentando reduzir a presença militar estadunidense e o poder do Pentágono. Então, cada vez mais, a fim de manter a credibilidade, os Estados Unidos precisam usar de ameaças. E ameaças duras o suficiente para terem sucesso. Kissinger e Ford gostariam de evitar uma guerra nuclear, mas os comprometimentos políticos excessivos do regime estão levando cada vez mais para essa direção.

Kissinger é o intelectual. Ele acredita, influenciado filosoficamente por Hegel, que os homens, individualmente, podem tomar sérias decisões que afetam o mundo: "Quanto à cooperação, o intelectual deve lealdade a duas instituições: a organização que o emprega; e os valores que transcendem o enquadramento burocrático e providenciam sua motivação de base. É importante que ele se lembre de que uma de suas contribuições para o processo administrativo é sua própria independência, e um de seus deveres é prevenir que a rotina se torne um fim em si mesmo... É essencial que mantenha a liberdade de lidar com o legislador a partir de uma posição de independência, e se reserve o direito de avaliar as exigências do legislador nos termos de seus próprios padrões".

Kissinger chegou a Washington de Harvard, via Rockefeller e Henry Cabot Lodge. Ainda assim, a Universidade Harvard tinha sido, e continuaria a ser, o foco de sua vida: lá ele havia sido lançado para o seu destino, e lá permaneciam suas amizades e associações pessoais mais duradouras. Harvard formou muitos homens para a Casa Branca, como Schlesinger, Burdy e Galbraith; sempre houve uma linha direta entre Harvard e a Casa Branca.

Kissinger, mesmo antes de chegar ao governo, sempre foi obcecado em deixar sua marca na história. Embora visse a política externa da administração Nixon e Ford como um ponto de inflexão histórico, e concebesse a si próprio como uma figura histórica notável, não seria surpresa nenhuma que ele se imaginasse, em seus momentos de grande autoestima, como um dos grandes homens hegelianos, um daqueles indivíduos que carregam o espírito histórico da humanidade, sobre os quais seu filósofo favorito especulara tanto tempo antes.

Tanto Kissinger quanto suas políticas, segundo ele próprio, devem acima de tudo refletir as condições históricas que vemos hoje e as possibilidades históricas que vemos para o amanhã. Eles se movem com a história e ao mesmo tempo movem a história. Mas uma política e um homem que falam não para as realidades concretas ou para as preocupações contemporâneas, mas simplesmente para aquilo que o homem vê como a justificativa da história, são apenas uma política e um homem que excluem cruelmente aqueles que não estão pensando o tempo todo nos historiadores do futuro, e que ignoram completamente qualquer tormento e angústia que podem ser gerados nesta época.

"Há uma nova mulher na vida de James Dean", Kandid Kendris escreveu em sua coluna:

... uma jovem rebelde que está colocando um novo brilho em seus olhos.

Pela primeira vez desde que veio para Hollywood, Jimmy tem um namoro público – e a mulher com quem ama ser visto é Janis Joplin, uma das mais novas cantoras de blues estadunidense.

Seus encontros com essa empolgante menina de nove anos o deixam radiante. O casal foi visto trocando olhares em restaurantes aconchegantes e exclusivos em Topanga Canyon, e rindo e cochichando de rostinho colado na motocicleta de Jimmy. Durante um encontro – e em uma demonstração de afeto sem precedentes –, Jimmy a beijou.

"Eu estava a poucos metros quando aconteceu", disse um fotógrafo de olho na nova paquera de Jimmy desde o começo em agosto. O fotógrafo, que pediu anonimato, disse que nunca tinha visto Jimmy tão relaxado e radiante. "Ele nem mesmo evita a câmera quando sai com ela."

A nova mulher na vida de Jimmy é uma ex-datilógrafa da Companhia Telefônica de Los Angeles e a mais empolgante nova cantora do pedaço. Ela mora em Venice Beach.

Janis, que não fez nenhum esforço para esconder sua amizade com Jimmy, teve seu primeiro encontro público com ele em 20 de agosto. Eles se conheceram em um estúdio da Warner Brothers. E foram a um drive-in assistir a E agora brilha o sol.

Após o filme, passaram o resto da noite no Sunset Boulevard, nos salões de bilhar, e saíram por volta das três da manhã.

Jimmy e Janis se encontraram diversas vezes depois disso nos meses de agosto e setembro.

Um malandro da sinuca que viu os dois juntos contou ao Enquirer: *"Eles ficavam cochichando nos fundos, e uma vez ouvi uma conversa por alto sobre abandonar Hollywood. Eles realmente pareciam estar se divertindo".*

Onde quer que vá, o casal deixa uma impressão calorosa, até mesmo quente. Na Schwab's, um sorveteiro disse ao Enquirer: *"Jimmy e a menina jantaram aqui há pouco tempo. Eles ficaram conversando e riram um monte e pareciam conhecer um ao outro muito bem. Jimmy Dean parecia bem feliz".*

Em outra lanchonete, a Googie, o gerente identificou fotos de Janis e admitiu: "A menina estava com Jimmy Dean. Ela não me disse como se chamava, mas era bastante amorosa e agradável com ele, e obviamente uma companheira".

Janis é bem conhecida no circuito do rock. É difícil determinar se sua família é rica ou não, pois ela se veste como uma beatnik.

Hollywood, em toda sua maldade, estava começando a destruir o amor entre Jimmy e Janis. Cada palavra que os dois jovens sussurravam entre si em público, cada palavra de confiança e afeto, cada gesto de confiança e desejo eram imediatamente noticiados nas colunas de fofoca, nas páginas sensacionalistas, nas revistas de galãs adolescentes. Noticiados e distorcidos. Jimmy e Janis estavam começando a acreditar nessas distorções de seus sentimentos e de si mesmos?

JANIS e as DROGAS. Janis Joplin, a audaciosa, atrevida e bastante vulnerável cantora de quem todos estão falando, contou à Photoplay *uma assistente social psiquiátrica de Venice, está usando drogas. Muitas drogas.*

"Segundo Janis", disse a assistente social, "ela está tendo colapsos nervosos. Seus pais são psicóticos, e ela está tentando romper com eles. 'Não quero pais', ela me disse. 'Fui gestada pelo nada.' Mesmo que ela tenha mandado os pais pararem de ligar para ela, eles agora ligam e desligam o telefone assim que ela atende.

"Ao mesmo tempo, a enorme publicidade que Janis tem recebido por conta de seu caso com JAMES DEAN a tem feito se sentir mais instável. Janis tem que escapar de algum jeito, e está fazendo isso do jeito mais fácil: com as drogas.

Janis se recusou a falar seriamente sobre seu uso de drogas. A única coisa que nos disse foi: "Eu nunca quis cantar publicamente, cara. Muito menos ser uma ESTRELA! Eu só vim para Hollywood cantar porque achava que, desse jeito, ia conseguir TRANSAR um monte e usar um monte de drogas".

Uma amiga de Janis que não quis se identificar disse à Photoplay *que tinha a impressão de que ela agora está sendo tratada com choques de insulina.*

Janis era muito jovem e vulnerável para lutar contra a máquina de morte de Hollywood, produtora de glamour e desumanização. E as drogas estavam destruindo qualquer chance que ela tinha de se endurecer e manter seu amor por Jimmy, sua habilidade de amar alguém, em sua fortaleza particular. As drogas a estavam deixando mais burra e, por fim, ainda mais vulnerável.

A maldade de Hollywood. A frieza de Hollywood. O outro lado de Hollywood: se uma pessoa quer ser tornar um ator ou atriz realmente bom, tem que se tornar um outro alguém, na verdade se tornar todo mundo que ele ou ela interpreta. Atores têm que destruir a si mesmos. Não têm tempo para amar.

Jimmy começou a perceber que seu caso com Janis o estava forçando a continuar humano. Continuar preso à terra, quando ele queria pairar no céu, um mito. Como ele dizia: "Aqui de cima odeio todos os terráqueos".

Mas o amor é forte. Mais forte que o desejo de imortalidade. Mais forte que o desejo de morte. Jimmy e Janis tinham que deixar Hollywood. Eles foram para Montmartre, em Paris, na França, e mudaram de nome.

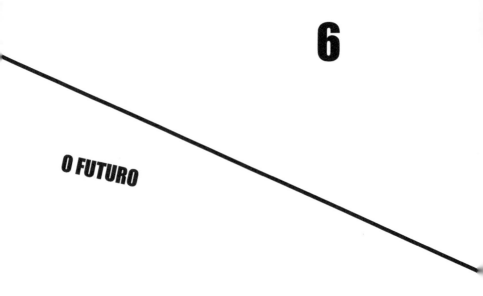

O FUTURO

Estar molhada e sombria com alguém.
 Ser tocada e saber que vai ser tocada de novo. Estar em uma caverna de onde não se quer e não se tem que sair. Estar em um lugar onde é possível se abrir, ser idiota e entediante.
 Você está aberta e molhada e suas extremidades ásperas e doloridas. Lembra-se de que sempre foi assim: totalmente vulnerável. Não quer esquecer quem é. Estar com alguém a fez se lembrar de que é totalmente vulnerável.
 Marcia e Scott agora sempre se sentiam assim. Fora de controle e sem perceber. Em perigo total e acreditando nunca terem estado tão seguros; você está dentro, então pode se abrir e se mostrar em estado puro, cru, para a outra pessoa.
 De repente, você percebe algo que nunca viu antes.
Está disposta a se comprometer com essa pessoa. Esquecer o que acabou de pensar. Você não tem mais nenhum pensamento próprio. Quer saber tudo sobre a outra pessoa:
 Como foi sua infância?
 O que mais gosta de fazer?
 Já trepou com gente esquisita?
 Quando se tornou adulto?

Você acha que é a outra pessoa. Começa a esquecer o que sente.

Scott e Marcia agora moram na rua porque não têm mais dinheiro. Estão entre a cruz e a espada: a outra pessoa está assustada com você. Teme que, se deixá-lo entrar em sua umidade e calor, você atrapalhe tudo. Você o quer tão molhado e quente, age com tanta agressividade, que ele fica mais assustado. Você o tira da cabeça. Não quer ter mais nada a ver com ele. Por fim, pode ter um pensamento que não seja sobre ele. No segundo em que você o vê de novo e a mão dele quase roça a sua, seu coração fica de ponta-cabeça, você quase desmaia, sente-se virada do avesso. Quando ele a abraça, você se esquece que a sala existe. Não consegue agir como se ele fosse a trepada mais casual do mundo. Não pode dizer que está loucamente apaixonada, porque nesse caso ele nunca mais vai te ver. Você se fodeu.

Marcia e Scott nem perceberam que não tinham dinheiro. Você é um homem. Não vai aceitar nada de ninguém porque é um homem. Quando você a vê, a boca fica seca e os olhos não conseguem abandonar o rosto dela. Você a quer tanto que não consegue lidar com o desejo. Você foge. Diz que não quer o calor dela. Manda ela se foder. Não consegue deixá-la ir embora porque, em algum momento, você e ela foram um. Quanto mais ela o quer, mais você enlouquece. Você tem que abrir mão dela e quer se afundar no corpo dela.

Você diz a ela que está apaixonado por outra. Quando acorda de manhã, abraçado ao corpo quente que dorme aconchegado no seu, diz a ela que quer se apaixonar por alguém.

Marcia e Scott mal tinham dinheiro suficiente para comer e dormiam na rua. Deitavam-se em cima de um cobertor azul e colocavam jornais sobre os corpos amontoados. À vontade e no paraíso. Cada pessoa que você vê parece orgulhosa e interessante. Cada pessoa que você encontra dá a informação que você quer escutar. Cada objeto nas vitrines da loja parece lindo e ainda assim não o enlouquece de desejo. Não o atormenta com o conhecimento da sua pobreza. Cada nova rua, cada beco que você vê é uma nova etapa do ritual vodu de que você participa: uma série de salas. Em cada sala acontece um novo evento mágico que muda você. Você está fascinada e amedrontada. Uma sala contém pântanos e crocodilos e musgo boiando e médicos vodus. Em outra sala seu sexo é aberto à faca e você se torna um terceiro e estranho sexo. Você está com muito medo. Em outra sala, uma mesinha coberta com uma toalha branca serve de altar no qual são colocadas oferendas, e uma vela queima no chão sujo aos pés da mesa, onde os vevês são desenhados. Na maior parte do tempo, Ogum e Guedê cavalgam a *houngenikon*. Você coloca a mão nas cabeças de leões e lobos, que agora são iguais a você e estão ao seu lado. Você se encontra do lado de fora: em um verde mundo de mato, do lado de fora da construção de madeira.

Marcia e Scott sabiam que, se algum dia percebessem que eles eram gente e não um monte de lixo jogado na rua, os policiais iriam espancá-los e enfiá-los na cadeia. Separá-los à força. Você está tão feliz que esquece tudo. Não sabe se ama ou se não ama. Esquece se algum dia já sentiu alguma coisa. Esquece se é capaz de sentir alguma coisa. Você dorme porque tem que dormir e mija na rua. Está aprendendo a saber tudo de um jeito novo.

Marcia e Scott agora vivem dos ganhos escassos de Marcia como cantora de rua. Você se sente forte, na beira de um ciclone ou de um enorme furação. Se não lutar o tempo todo, vai acabar indo para um novo território onde os ventos remoinham loucamente, não há estabilidade e sua cabeça explode. Você ainda não consegue se conter, o sentimento é muito forte, o coração bate rápido demais e a carne queima: sua única noção de si é que o céu do mundo se revirou dentro de você e esse ar agitado irrompe em todas as direções para o resto do mundo sem que você consiga impedir, e o ar agitado se torna uma força, uma força demoníaca que existe fora de você como todas as forças do mundo. Tudo que você pode fazer é aprender. Talvez, aos poucos, você possa aprender a controlar essa força: a se manter desarmada para não destruir a outra pessoa e/ou a outra pessoa não destruir você, que é como a maioria dos casos de amor termina. Mas tudo que você faz, de maneira óbvia e estúpida, é lutar sem sucesso contra a força que dilacera tudo em você.

O capitalismo como sistema mundial tem origem no final do século xv e início do século xvi, quando os europeus, dominando a arte da navegação de longa distância, saem de seu cantinho do globo e percorrem os sete mares, conquistando, pilhando e comercializando. Desde então o capitalismo apresenta duas partes intensamente contrastantes: de um lado, um punhado de países dominantes exploradores e, de outro, um número muito maior de países dominados e explorados.

No início, as relações entre as partes desenvolvidas e subdesenvolvidas do sistema capitalista mundial eram baseadas na força. O mais forte conquistava o mais fraco, pilhava seus recursos naturais, submetia-o a uma relação comercial desigual e reorganizava suas estruturas econômicas (p. ex., ao introduzir a escravização) para servir às necessidades dos europeus. No decorrer dessas operações predatórias vastos impérios coloniais foram construídos e disputados por espanhóis, portugueses, holandeses, franceses e britânicos; e a riqueza transferida das colônias para as metrópoles foi um importante fator no desenvolvimento econômico destas.

Aos poucos, o elemento da força retrocedeu para o pano de fundo, sendo substituído pelas relações econômicas "normais" de comércio e investimento – sem, no entanto, enfraquecer de forma alguma o padrão básico desenvolvido/subdesenvolvido, ou interromper a transferência de riqueza da periferia para o centro. Adam Smith foi um dos primeiros economistas que tentou descrever, ordenar e promover essa nova sociedade de comércio, na qual, pela primeira vez no mundo, todos os homens poderiam tentar determinar suas próprias economias sem se submeter às regulações de reis ou às tradições.

Após a vitória nas guerras napoleônicas e a subsequente dissolução dos impérios espanhol e português nas Américas, a Inglaterra – que já estava bem à frente dos outros países desenvolvidos em termos industriais – chegou a uma posição de monopólio virtual do comércio mundial de bens manufaturados. O simples capitalismo laissez-faire tinha evoluído para imperialismo, pretensamente devido à expansão provocada pela necessidade de competição.

Por volta de 1885, A. F. Mummery, um bem-sucedido empresário inglês, especulou sobre as causas das quedas periódicas no comércio que vinham preocupando a comunidade empresarial desde o início do século XVIII. Ele concluiu que essas depressões se deviam à poupança excessiva, à incapacidade crônica do sistema empresarial de distribuir poder de compra suficiente para adquirir de volta seus próprios produtos.

Um economista tímido e recluso chamado John A. Hobson concordou com Mummery. Juntos, os dois escreveram *A fisiologia da indústria*, estabelecendo a noção herética de que a poupança poderia minar a prosperidade.

Hobson continuou a se ocupar dos problemas do capitalismo e, em 1902, escreveu *Imperialismo*, que é uma crítica ao sistema de lucros. Em *Imperialismo*, Hobson afirma que o capitalismo enfrentou uma dificuldade interna e insolúvel, que o forçou a se virar para o imperialismo, não por puro desejo de conquista, mas como uma forma de garantir a própria sobrevivência econômica.

A desigualdade de renda, os ricos e os pobres, os países desenvolvidos e subdesenvolvidos, disse Hobson, haviam levado ao mais estranho dos dilemas: uma situação paradoxal na qual nem os ricos nem os pobres conseguiam consumir bens suficientes. Os pobres não tinham nenhum dinheiro. Aos ricos faltava a capacidade física para tanto consumo.

Então, como consequência da divisão injusta da riqueza, os ricos – tanto os indivíduos como as empresas – foram forçados a poupar.

Essas poupanças trouxeram o problema. A poupança automática das camadas mais ricas da sociedade tinha de ser colocada em uso, do contrário a economia sofreria os efeitos desastrosos de uma retração constante do poder de compra. A questão era como colocar a poupança para girar. A resposta clássica foi investir ainda mais em fábricas e produção e assim ascender a um nível ainda mais alto de produção e produtividade.

Mas se a massa de gente já estava tendo dificuldade para comprar todos os bens lançados no mercado, por causa de sua baixa renda, disse Hobson, como os capitalistas venderiam esses novos produtos?

Para os mercados além-mar. O imperialismo é "o empenho dos grandes controladores industriais para ampliar o canal de escoamento de seu excedente de riqueza através da busca de mercados e investimentos estrangeiros para os bens e o capital que não é possível utilizar internamente".

Todas as nações desenvolvidas estão no mesmo barco. Todas precisam de novos mercados. O imperialismo necessariamente se torna o caminho para a guerra.

Dessa situação surge a Primeira Guerra Mundial (1914-1918), cujas principais consequências para o sistema capitalista global são: (a) uma extensa remodelação das colônias e dos territórios dependentes em favor dos países vitoriosos; (b) a emergência dos Estados Unidos como o país capitalista de maior força econômica; (c) a revolução socialista na Rússia tsarista, a mais fraca das potências imperiais; (d) o nascimento e/ou crescimento vigoroso de movimentos de libertação nacional em muitos países subdesenvolvidos, na maioria das vezes influenciados pela Revolução Russa. Desde então as potências capitalistas dominantes tiveram de lidar não só com suas próprias lutas mutuamente destrutivas, mas também com os desafios do sistema socialista rival e a insurgência de movimentos de libertação nas antigas colônias.

A Segunda Guerra Mundial (1939-1945) e suas consequências refletiram fielmente essas realidades. Iniciada como uma guerra das potências imperialistas "sem império" (Alemanha, Japão e Itália) pela redivisão do mundo, ela rapidamente adquiriu, com a invasão da URSS pelos nazistas, também um caráter de oposição entre capitalismo e socialismo. Por uma questão de sobrevivência, as potências capitalistas ameaçadas e a invadida União Soviética uniram forças para derrotar a ameaça do Eixo. Mas não houve e não poderia haver um retorno ao *status quo ante bellum*. Os Estados Unidos, que enriqueceram com a guerra, enquanto as demais potências imperialistas foram severamente prejudicadas, se tornaram a liderança incontestável do capitalismo mundial.

Neste momento, muitas das maiores corporações estadunidenses estão localizadas, pelo menos em parte, fora dos Estados Unidos. Em 1970, mais de 25% de todos os trabalhadores dessas empresas moravam fora do país. Em 1970, de acordo com as estatísticas do Departamento de Comércio, as vendas estrangeiras representaram quase 13% das vendas totais de todas as empresas de manufatura estadunidenses. Em 1971, as gigantes globais americanas, determinadas a evitar os altos impostos e aumentar ainda mais os lucros, realocavam 25 centavos de cada dólar investido em expansão estrangeira.

Mais especificamente, o que acontece com os estadunidenses e com o processo regulatório estadunidense quando a situação econômica criada pelas maiores companhias do país fica cada vez mais longe do controle do governo?

Quanto mais empresas gigantes instalam seus centros de produção fora dos Estados Unidos, mais o desemprego no país aumenta. O dinheiro fica mais apertado. Quando o dinheiro é pouco e há uma intensa competição por empréstimos, são os grandes bancos que obtêm esses fundos, em detrimento dos pequenos. Assim, em 1973, de acordo com o Federal Reserve, o banco central estadunidense, nove bancos de Nova York, seis dos quais pertencentes ao grupo Rockefeller-Morgan, representavam mais de 26% de todos os empréstimos para o comércio e a indústria feitos por bancos nos Estados Unidos. Cerca de metade de todo o dinheiro emprestado por esses superbancos nova-iorquinos vai para as empresas globais – o resultado, segundo notou George Budzeika, do New York Federal Reserve Bank, é que perto de 90% do total de dívidas das indústrias de petróleo e gás natural dos Estados Unidos, dois terços das indústrias de maquinaria e metalúrgica e três quartos das indústrias química e de borracha são controlados pelos mesmos nove bancos nova-iorquinos.

São os grandes bancos, aqueles cujas políticas de crédito devem ser controladas, caso o governo pretenda administrar a economia com sucesso, que dispõem dos recursos para fugir ao controle. Como eles são capazes de evitar restrições de crédito brandas, esforços sérios para esfriar a economia por meio da política monetária devem ser draconianos a ponto de criarem desemprego ainda maior e fábricas ociosas. O forte desemprego não é politicamente desejável.

Para estadunidenses, isso significa inflação, porque os empréstimos correntes das empresas estão acelerando de forma contínua e muito mais rápido que o aumento da participação das empresas no patrimônio local. Dado o aspecto global das multinacionais, o governo estadunidense não tem como controlar o aumento da inflação.

Estamos sendo esmagados entre o crescimento do desemprego e o aumento da inflação.

Se as possibilidades de emprego aumentarem, também aumentarão os salários – não apenas porque haverá mais empregos para mais pessoas, mas também porque os empregadores, em tempos de escassez de mão de obra, devem pagar mais. Assim, estamos enfrentando um aumento da inflação, um aumento do desemprego e uma diminuição dos salários.

Por enquanto, há cada vez menos chances de o trabalhador ou o mendigo estadunidenses conseguirem abocanhar uma parte da riqueza existente. Como as gigantes industriais – a ITT, por exemplo – absorveram milhares de companhias menores nas últimas décadas, uma parcela das ações dessas corporações representava uma porção muito maior da riqueza produtiva dos Estados Unidos em 1970 do que em 1950 – e uma parte significativa das ações das maiores empresas vão para seus próprios diretores. Os diretores estão se tornando proprietários, porque uma proporção cada vez maior da sua renda advém não de suas habilidades administrativas, mas das ações que eles possuem em suas próprias empresas.

Você não dá a mínima se ele nunca mais voltar. Nunca mais quer vê-lo. Foda-se seu rosto redondo, seus cabelos loiros e seu um metro e oitenta de corpo esguio. Ele que se foda na merda. Foda-se sua boca detonada e suas pernas magrelas. Ele que se foda no mijo. Foda-se seus ombros largos, seu jeito de "bonzinho", seus 70 quilos, ele que se foda com uma agulha, foda-se seus dedos sujos, seu pé, seu nariz vermelho, foda-se seu jeitinho caipira, foda-se seu cinismo de merda escondendo uma ingenuidade totalmente falsa, foda-se seu nervosismo sexual, foda-se seu medinho, foda-se seu egoísmo, foda-se tudo que ele já fez, foda-se tudo que ele já disse, tudo que ele já disse é falso, enfie tudo num cano e mande para mim. Vou prender dinamite, enfiar na bunda dele, acender o pavio e CABUM! Ele que se foda no meu sangue.

Marcia acordou certa manhã e percebeu que Scott não a amava mais. Estou livre. Cantando e dançando pelas ruas nos bares que não me obrigam a pagar para entrar, ficando tão bêbada quanto quero, quando quero; se eu desmaiar alguém vai me carregar, ou então vou ficar por lá mesmo, nem vou perceber a diferença. Vou trepar com todos os seres vivos porque estou chapada demais: voando com o vento. Estão vendo? Eu sou o vento porque só sigo o que sinto. É tudo que me importa. E o que os outros sentem. Posso sentir os sentimentos dos outros cada vez mais forte, é como se minha pele tocasse diferentes tipos de ar e soubesse que tipos são. Estou sempre sentindo e tremendo e me arrepiando e já sabendo o futuro. Muito tempo sem chegar perto de ninguém. Quero ficar bem perto.

Ela percebeu que Scott não estava mais satisfeito com a vida de mendigo. Eu quero é trepar com todo homem que encontro. Trepar com todo homem que se aproxima de mim, com todo homem que olha para mim como se quisesse me comer. Ir para um bar, trepar com três caras no banheiro, então deitar na pista de dança e arrancar meus trapos. Deixar todo homem fazer comigo o que quiser. Os homens vão cuspir e mijar em mim. As mulheres vão esguichar na minha boceta. Pessoas se tornam sombras. Então vou me levantar e caminhar até esses famosos empresários, os DuPont, e colocar o braço em volta do pescoço deles. Ele vai me erguer e me comer quando eu estiver pelada na rua. Outro vai me levar para casa. Nem vou olhar para o rosto dele. Vou entrar no boteco dos mendigos e tirar a roupa lentamente. Lentamente eles vão me notar. Não vão acreditar no que estão vendo. Vou adorar ver a baba e o vômito escorrendo da boca deles. Vou me excitar ao vê-los se lembrarem de que têm paus. As mãos lentamente pegando as roupas de mendigos. As mãos tremendo tanto que eles mal conseguem se segurar o suficiente para tocar uma. Assim que eu ver isso acontecendo, vou começar a gemer. Vou dormir com um mendigo, com um mendigo formado na Sorbonne que ganha 700 mil dólares por semana como michê em Marselha, só para saber como é a sensação. Scott queria ter seu trabalho reconhecido. Vire a cabeça para mim gentilmente. Muito bem. Estou olhando para o seu rosto. Está quase tocando o meu. Está bem perto de mim no travesseiro. Sinto bem de leve. Como se algo estivesse só encostando em mim, começando a alisar as arestas e as pedras de granito na minha pele. Quer tocar em mim? Estou sempre impressionada que alguém queira me tocar, porque estou sempre sentindo esses blocos de granito, e a aspereza, e a minha feiura. Tenho de ser capaz de tocá-lo e manter distância de você. Você está meio deitado em cima de mim e caindo no sono em meus braços. Deve ter gozado. Não estou pensando em Scott agora. Pela primeira vez estou calma, porque sei o que esperar de você.

Scott queria fama e fortuna. Eu vivia totalmente para minhas emoções. É quem eu sou. Hoje alguém me disse que me mexo como um animalzinho. Ela não sabe como eu sobrevivo. Ontem alguém me disse que sou moralista porque não estou trepando com três caras ao mesmo tempo. A mesma pessoa que disse que sou moralista me disse que preciso de doses infinitas de Valium. Hoje essa velha disse para minha melhor amiga que estou ficando cada vez mais violenta. Ela está preocupada com o meu trabalho. Eu não sei o que é o meu trabalho. Essas coisas são complicadas demais para mim. Sinto muita dor a maior parte do tempo porque atuo de acordo com meus sentimentos e invado os sentimentos, opiniões e crenças dos outros, seja o que for que eles façam, eu os assusto e magoo.

Scott queria que as belas parisienses babassem todas por ele porque ele era o cara que estava criando a arquitetura mais poderosa de Paris. Se uma pessoa não me dá um beijo de despedida, penso que ela me odeia. Se alguém com quem estou trepando não diz que me ama, tenho certeza de que me odeia. Se alguém que desejo não demonstra constante afeição física, tenho certeza de que não quer nada comigo. Se estou morando com um cara e ele vai embora, me recuso a conversar quando ele volta. Se ele vai embora de novo e de novo, eu o abandono. Uma vez que um homem se apaixona por mim, digo a ele que não quero mais trepar. Xingo meus amigos na cara e pelas costas. Às vezes me recuso a ver a pessoa de quem sou mais próxima e sinto que a detesto.

Marcia percebeu que era mendiga e não pertencia a essa imagem de sucesso de Scott. Por favor me diga se você me ama ou não. POR QUE VOCÊ QUER SABER? Não consigo trepar com mais ninguém porque fico sempre pensando em você e estou com muito tesão. EU NÃO TE AMO E NÃO QUERO UM RELACIONAMENTO SÉRIO. ESTOU MAIS FORA QUE DENTRO. Sei o que está acontecendo. ISSO É LOUCURA. POR QUE TENHO QUE DEFINIR MEUS SENTIMENTOS POR VOCÊ? EU NÃO TENHO QUE DIZER COMO ME SINTO. VOCÊ É TÃO MORALISTA. SÓ CONSEGUE TREPAR COM UM CARA POR VEZ. Tudo que eu disse é que estava a fim de você. COMO VOCÊ PODE ESTAR APAIXONADA POR MIM? VOCÊ ME CO-NHECE FAZ SÓ UNS MESES E É SÓ UMA CRIANÇA. NÃO ACREDITO QUANDO VOCÊ DIZ QUE ME AMA.

Ela começou a enlouquecer. Uma olhada de relance nos ganhos anuais dos 220 homens no comando de algumas das maiores corporações americanas (não há mulheres) revela que eles estão bem no topo da pirâmide de renda.

Mesmo que não tenhamos mais uma economia laissez-faire, nem mesmo uma de livre mercado, o conglomerado multinacional de empresas que controla a riqueza mundial precisa, como precisavam os capitalistas ingleses do século XIX, de mercados para os seus produtos. Devido ao aumento da inflação e do desemprego e à redução do dinheiro, mesmo essas grandes empresas estão experimentando uma estagnação crescente. O Estado pode se contrapor à estagnação por meio de grandes investimentos no bem-estar social e/ou na guerra, ambos indispensáveis para o capitalismo monopolista por diferentes motivos: o bem-estar social como uma forma de aplacar as massas e afastá-las de políticas revolucionárias, e a guerra como meio de maximizar o "espaço vital" econômico das maiores potências capitalistas e de controlar os países dependentes subdesenvolvidos e potencialmente rebeldes.

Como a nossa economia não é de bem-estar social, os Estados Unidos não vão se tornar socialistas, Deus nos livre, têm de se tornar uma economia bélica. O mercado militar sustenta a maior indústria individual do país hoje, movimentando mais de 40 bilhões de dólares em vendas por ano, e envolvendo mais de 20 mil empresas. A indústria é excepcionalmente concentrada, com os cem maiores empreiteiros recebendo dois terços do fundo total para contratos, e os 25 maiores recebendo a metade desses dois terços.

Os contratos sem licitação são a regra e não a exceção na indústria bélica, somando 58% de todos os contratos militares firmados em 1968, enquanto aqueles com licitação competitiva anunciada corresponderam a apenas por 11,5% do montante contratado. Trata-se de uma das indústrias menos competitivas. As empresas raramente, ou nunca, sofrem perdas financeiras nos negócios bélicos. O Departamento de Defesa atua para garantir que elas continuem financeiramente saudáveis. Na verdade, as maiores corporações armamentistas muitas vezes ganham e/ou mantêm contratos governamentais sugerindo novos sistemas e melhorias nos sistemas existentes e estabelecendo na cabeça do governo a ideia de uma competência especial dessas empresas para dar conta do trabalho. Peter Schenk, um alto funcionário da Raytheon e ex-presidente da Associação da Força Aérea dos Estados Unidos, põe as coisas da seguinte maneira: "Hoje, é mais provável que as necessidades militares sejam o resultado de uma participação conjunta entre os militares e os industriais, e não é raro que a contribuição da indústria seja o fator-chave. Na verdade, há militares em altas posições que, sinceramente, sentem que é a indústria que está definindo o ritmo da pesquisa e do desenvolvimento de novos sistemas armamentistas".

Quais são os resultados econômicos dessa dependência da produção e manutenção bélica? Que as guerras são um estopim para a inflação é um fato bem conhecido: com efeito, cada guerra substancial na história dos Estados Unidos veio acompanhada por inflação. E os períodos de maior inflação nos demais países do mundo também têm sido associados com as guerras. Há trinta anos os Estados Unidos vêm mantendo uma economia permanentemente militarizada. O mesmo se aplica, em menor grau, às demais potências capitalistas e, em grau ainda maior, a alguns pequenos Estados capitalistas

A militarização proporciona às corporações um negócio seguro e de alta rentabilidade, permitindo que fixem e mantenham uma margem de lucro ainda mais alta no mercado civil. Preços fantásticos, quatro ou cinco vezes superiores ao custo de produção nas fábricas, são atribuídos a produtos desenvolvidos originalmente para uso militar; por exemplo, eletrônicos. A eficiência na produção para os militares é uma fração daquela observada na produção civil, e a correspondente multiplicação de custos é inevitavelmente transmitida, ao menos em parte, para as vendas civis dos fabricantes de armamentos.

Como o aumento da inflação afeta as grandes corporações estadunidenses se é que ainda podem ser chamadas de estadunidenses, e o governo dos Estados Unidos?

As empresas multinacionais estão cada vez mais, como já foi dito, dependentes de empréstimos bancários. Os Estados Unidos são uma economia baseada na dívida, e ímpar nesse sentido. Um trilhão de dólares em dívidas corporativas. Seiscentos bilhões em dívidas hipotecárias. Quinhentos bilhões em dívidas do governo federal. Duzentos bilhões em dívidas estaduais e municipais. Duzentos bilhões em dívidas de consumo. Para alimentar quase três décadas de boom econômico interno durante o pós-guerra e exportá-lo, tomamos empréstimos, em média, de 200 milhões de dólares líquidos por dia, todos os dias, desde o fim da Segunda Guerra Mundial.

O governo estadunidense e as grandes empresas assumiram esse enorme endividamento na esperança de que a renda pessoal (poder de compra) e os lucros corporativos continuassem a crescer ano após ano e de que a política econômica permanecesse essencialmente expansionista. Mas a inflação, ao mesmo tempo que aumentou a necessidade por empréstimos, corroeu a parcela de renda – corporativa e pessoal – disponível para pagar as dívidas, e uma política econômica expansionista do governo só contribuiria para as pressões inflacionárias.

Assim, o endividamento nacional é agora uma corda muito esticada: 2,5 trilhões de dólares em dívidas pendentes e mais recursos são necessários para manter a economia crescendo, enquanto a capacidade dos devedores de pagar o que devem e conseguir mais dinheiro é bastante duvidosa. A corda não arrebentou, e talvez nem arrebente. Nas próximas semanas e meses, a energia de cada economista, cada membro do governo, cada credor e cada devedor será direcionada para evitar que isso aconteça. Ainda assim, ninguém sabe qual é o ponto exato de ruptura, e, apesar da abundância de esquemas e teorias, ninguém sabe de verdade como aliviar a tensão.

Por mais que os economistas não queiram admitir, a corda tem que arrebentar.

A economia keynesiana, como um sistema de contrapesos e políticas monetárias e fiscais concebido para produzir um ajuste fino da economia e criar pleno ou quase pleno emprego com nenhuma ou muito pouca inflação, já viu dias melhores (se é que chegou a ter um bom dia). Os economistas já não conseguem descrever o que está acontecendo. Estamos passando por um período de transformação econômica.

Então o que devemos esperar?

O capitalismo sempre se baseou numa certa relação entre duas entidades vivas. Há sempre os países dominantes e exploradores e um número muito maior de países dominados e explorados. Os dois grupos estão indissociavelmente ligados, e nada que aconteça em um canto pode ser entendido fora do sistema como um todo. A principal contradição do sistema, ao menos no atual período histórico, não se encontra dentro da parte desenvolvida, mas entre as partes desenvolvidas e subdesenvolvidas. As relações entre uma e outra (e as políticas que nascem dessas relações) são fundamentalmente exploratórias: perpetuam e aprofundam a configuração desenvolvimento/subdesenvolvimento. A economia keynesiana fracassou por sua política, não por sua técnica – para pôr as coisas de maneira mais grosseira, porque tentou jogar para baixo do tapete os conflitos de classe presentes nas sociedades capitalistas.

A transformação do capitalismo estadunidense está agora se tornando evidente. A reversão na crença histórica (keynesiana) de que os lucros resultam da produção em massa ou em grande volume significa o rompimento do processo usual de produção e consumo. Sempre haverá manipulações da escassez de quase tudo que é comprado ou vendido. A ideia de que a inflação pode ser estancada pelo governo tem um defeito central: o governo está sujeito ao domínio político das grandes corporações. A infiltração dessas empresas nas agências encarregadas de regular as atividades comerciais vicia a ideia de que o Estado seja separado do mercado e independente do controle da classe dominante.

Não há mecanismos efetivos para controlar a inflação em uma economia altamente centralizada e monopolista. Os gestores corporativos ou governamentais serão forçados a encontrar alguma solução para a crise. A chance de estancar a inflação depende de encontrar maneiras de expandir a indústria bélica e outras formas de gastos públicos. A piora da situação econômica nos Estados Unidos provavelmente resultará na ampliação da influência militar.

Há problemas substanciais para implementar essa opção. Primeiro, os Estados Unidos não têm um inimigo externo disponível. Segundo, as consequências da Guerra do Vietnã sem dúvida foram um balde de água fria no entusiasmo popular por ações militares.

Isso traz a distinta probabilidade do surgimento de novas formas de autoritarismo interna. Estamos na estrada para o que Bertram Gross chamou de "fascismo amigável". Ao contrário de seus predecessores europeus, o fascismo estadunidense talvez não seja marcado por uma "ditadura abertamente terrorista". A base do fascismo já foi lançada com a consolidação do poder político e econômico em pouquíssimas mãos.

Certa noite, quando dormia na rua, Marcia sonhou que tinha voltado para casa. Parecia que estava há algum tempo parada diante do portão de ferro fechado, sem conseguir entrar. Havia cadeados e correntes. No sonho, ela chamou pelos pais, mas não obteve resposta, e, olhando com mais atenção por entre as grades enferrujadas, percebeu que a casa parecia deserta.

Nenhuma fumaça saía da chaminé, e as pequenas janelas de treliça estavam abertas e desamparadas. Então, como acontece nos sonhos, ela de súbito sentiu-se dotada de poderes sobrenaturais e transpôs aquela barreira, qual um espírito. O caminho serpenteava à sua frente, com as mesmas curvas de outrora, mas, à medida que avançava, ela notou uma mudança: estava mais estreito e malcuidado, não era o caminho que conhecia. A princípio ela ficou perplexa, sem nada compreender, e só quando abaixou a cabeça para não roçar um galho percebeu o que havia acontecido. A Natureza havia avançado, e, pouco a pouco, do seu jeito insidioso, tomara conta do caminho de entrada com seus longos e obstinados dedos. A vegetação, uma ameaça também no passado, havia triunfado. Plantas sombrias e rebeldes debruçavam seus ramos sobre as bordas do caminho. As faias de troncos lisos e esbranquiçados, muito próximas umas das outras, entrelaçavam seus galhos em um estranho abraço, formando uma abóboda, como a de uma igreja. E havia ainda outras árvores que ela não reconhecia, carvalhos atarracados e olmos retorcidos, que haviam crescido junto às faias e irrompido pela terra silenciosa, ao lado de plantas e arbustos monstruosos dos quais ela não tinha recordação.

O caminho agora era uma trilha que em pouco lembrava seu formato anterior, com a superfície de cascalho desaparecida, sufocada por musgo e grama. As árvores haviam lançado galhos rasteiros, impedindo a marcha; suas raízes nodosas pareciam garras macabras. Dispersos aqui e ali, em meio a essa floresta desordenada, ela reconhecia arbustos que tinham servido de pontos de referência na sua infância, hortênsias que havia tocado e tido como amigas. Como nenhuma mão acompanhara seu crescimento, elas haviam se tornado selvagens, crescendo a uma altura monstruosa sem florescer, escuras e feias como os parasitas anônimos que cresciam a seu lado.

Cada vez mais, primeiro para leste, depois para oeste, desdobrava-se a pobre trilha que outrora fora o caminho de entrada. Às vezes ela o julgava perdido, mas então ele ressurgia, talvez sob um tronco caído, ou, com dificuldade, além das poças lamacentas criadas pelas chuvas de inverno. A distância até a casa nunca lhe parecera tão grande. Os metros, como as árvores, haviam se multiplicado, e o trajeto levava apenas a um ermo labirinto selvagem.

De súbito, então, ela se defrontou com a casa, mascarada pelo crescimento anormal da vegetação, e ali parou, o coração palpitando acelerado, os olhos cheios de lágrimas.

Ali estava a casa, a casa dela, secreta e silenciosa como sempre, o mármore gris brilhando sob a luz da lua, as vidraças refletindo a grama verde e o terraço.

Sinto-me sozinha. Sozinha e louca o tempo todo, porque sozinha demais. Sempre desejando e desejando, e o desejo nunca satisfeito. Me odeio por desejar tanto, por me sentir sozinha, porque é nojento e humilhante precisar de alguém e se sentir sozinha. Odeio todas as pessoas no mundo, amantes em potencial que não me amam. Odeio essas pessoas porque elas me odeiam. Sinto inveja, ressentimento e medo.

Se ninguém vier me perturbar, vou ficar bem. Desde que não tenha que ver ninguém ou lidar com os sentimentos dos outros. Andar na rua sozinha. Não deixar ninguém tocar em mim, porque se alguém me tocar posso desejar esse toque novamente.

Não quero ter nada com ninguém. Nunca mais. As pessoas chegam muito perto de mim, querendo me tocar, minha pele já era, querendo alguma coisa de mim, não consigo entender o que querem. Elas querem que eu sorria e as toque, mas não posso sorrir demais ou tocar muito forte. Não consigo ser assim porque tenho um desesperado desejo de afeto. Não estou no controle.

Sinto-me quase reduzida a pó. Parte de mim odeia, vocifera, quer destruir, eliminar as pessoas que me magoam. Essa parte está fora de controle. Essa parte me dá medo. Machuco os outros e fico tremendo porque os machuquei, então fujo. Duas partes fugindo uma da outra. A corda tem que arrebentar. Sinto-me gentil e suave (a segunda parte). Incapaz de fazer qualquer coisa que não seja atingir na totalidade essa maneira suave. Sinto grandes olhos se abrindo, mais e mais arregalados. Essa parte é só defesa. Sinto que posso ter poder sobre a minha vida. Posso me impedir de ser magoada ao gritar e ficar na defensiva. Sinto que sou tão especial que se me magoar tenho que parar de me magoar.

    Sinto que sou mais uma coisa do que um ser vivo. Sei que desejar uma paixão, que Scott volte, é desejar estar morta de novo, desejar tanto um sentimento que ele se torna uma coisa, uma posse. Tenho consciência disso, mas não sinto nada disso no meu corpo.

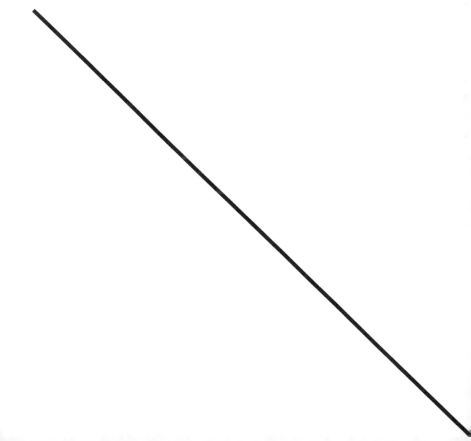

A VIDA DE JOHNNY ROCCO

7

Ela não aguentava mais.

Não passava de uma mulher de malandro. Ele a abordou sexualmente. Mas ela ficou com muito medo dele e não foi até o fim. Ele não queria mais nada com ela. Sexualmente. Ele a estava punindo.

Contou que estava comendo um monte de mulheres e não queria mais trepar com ela. As mulheres que comia tiravam sua energia. Ele precisava de energia para os negócios. Queria estabelecer com ela uma relação que não sugasse sua energia. Ela concordou.

No começo era como se ele a tivesse matado, porque não demonstrava nenhum amor. Um dia ela cortou os pulsos, não a sério, só para chamar a atenção. Uns dias depois, ficou seriamente doente: seu corpo havia tomado o volante da busca por amor.

Ele disse que ela deveria procurar o amor em si mesma.

A meretriz tomou uma decisão: esse era o primeiro homem que ela conhecia, nos seus 28 anos de existência, com quem seria completamente franca. Ela disse ao empresário que faria qualquer coisa por ele. Bastava que ele a deixasse ficar por perto. Ela seria secretária, pistoleira, cozinheira, qualquer coisa, apesar de seus 28 anos de crescente independência. Ele disse que não precisava de nada.

No entanto, a mulher e o homem se aproximavam cada vez mais. Aos poucos, começaram a contar tudo um para o outro.

Certo dia, durante o café da manhã, atingiram o máximo de amizade. Concordaram que não estavam apaixonados por ninguém. A mulher disse ao homem que ele não deveria ficar fingindo que estava apaixonado pela mulher que andava comendo, porque era mentira (ela sabia). O homem disse à mulher que ela precisava ser amada. Ela confiava tanto nele que prontamente concordou.

No dia seguinte, o empresário disse à meretriz: "Meu amor, quero te levar a lugares nos quais você nunca foi...". A meretriz cometeu seu terceiro erro.

Primeiro erro: trepar com o cara na primeira vez em que ele se aproximou dela.

Segundo erro: achar que o cara podia estar se apaixonando por ela quando disse "Meu amor...".

Terceiro erro: dizer ao homem: "Você me ama? Eu quero saber, porque posso me apaixonar perdidamente".

"Eu não te amo", o empresário respondeu. "Mas sinto afeto por você. No momento você é mais importante para mim do que todas as outras mulheres. Por que você não me liga amanhã?".

No dia seguinte ela telefonou e ele disse que estava exausto porque tinha comido geral no dia anterior. E mentiu para ela – como se ela fosse mais uma dessas mulheres que o perseguiam, só que ela era ainda mais baixa, porque nem trepar com ela ele trepava, ela não era mais amiga dele porque tinha admitido que poderia se apaixonar – sobre os planos que tinha para a noite.

Quando ela desligou o telefone, sentiu muita dor. Escreveu para ele a seguinte carta: TENHO QUE TERMINAR. AQUI ESTÁ O ÓPIO QUE EU ESTAVA DEVENDO E UM PRESENTE DE DESPEDIDA. FOI BOM CONHECER VOCÊ. Então ela percebeu que havia afastado, propositalmente, a única pessoa com quem tinha sido capaz de conversar direito, a única pessoa com quem tinha sido capaz de aprender. Ela sentia cada vez mais dor. Não queria estar onde outras pessoas pudessem encontrá-la, então saiu de casa. Nevava, nevava tanto que mal dava para ver um palmo diante do nariz. Ela foi ainda mais idiota quando se jogou em cima de um carro.

O nome do empresário era Johnny Rocco.

O que significa ser homem? A única coisa em que você confia é no limite que sua própria solidão cria. Você toma suas decisões de acordo com esse limite. Confia apenas em parte nas outras percepções e nos outros. Não importa o quanto você ame ou trabalhe perto de um homem, você o afasta até a morte se sua solidão pedir.

"Trouxe as armas?"

"Acabei de receber o carregamento do Vito. Não confio nesse cara."

"Ninguém se importa se você confia nele ou não."

"Eu me importo se vivo ou morro."

"Claro. Abre as caixas. Temos que tirar as armas daqui, logo."

"E quanto à dama?"

"O que você quer dizer com isso?"

"Na última vez que vi as caixas, tinha uma dama sentada em cima delas."

"Você está vendo coisas. Nenhuma dama jamais veio a esse depósito. Damas não são parte do negócio."

"Eu disse: 'Damas não são parte do negócio'."

"Você disse: 'Damas não são parte do negócio'."

"Tudo que temos somos nós mesmos e nosso sangue. Damas, drogas, ideias... nada disso importa."

"A dama disse que queria falar com você."

"Então livre-se dela."

"Como?"

"Por que você não a mata?"

Johnny e eu crescemos juntos. Me lembro de correr com ele pelas ruas do Brooklyn. Admirando-o como se ele fosse Deus. Quando fiquei grande o suficiente para entrar no mundo dos negócios, ele me ajudou a abrir minha primeira empresa. Me deu dinheiro e nunca duvidou de mim. Tento manter uma vida limpa, estadunidense; Johnny é meu único amigo.

Entrei no escritório para falar com ela e ver que tipo de confusão estava trazendo.

Eu tinha as costas dela coladas nos olhos. Ela deve ter ouvido os passos, porque se virou.

"Não gosto de mulheres", falei. "Você não é problema meu e não deveria estar aqui. Me diga o que quer e some logo daqui."

"Eu não sou mulher", respondeu.

"Para mim, parece uma mulher."

"Isso é problema seu." Ela me disse que as armas em que estava sentada, aquelas que meu irmão tinha acabado de me enviar, estavam marcadas. No minuto em que meus rapazes usassem as armas, a polícia viria atrás de mim. Perguntei a ela por que Vito me sacanearia. Ela disse que não sabia de nada.

Parei de olhar para ela. "Some daqui."

Ela foi andando como se caminhasse pela Park Avenue. Sem correr e sem olhar para trás. Eu não sabia dizer se tinha mentido para mim ou não.

Os anos de dissimulação na minha alma não são nada comparados aos anos em que o empreendimento para o qual fui contratado se desenrolava.

A República Dominicana estava virando um inferno. A economia vivia um recorde negativo, porque o presidente, Rafael Trujillo, estava depenando todas as indústrias e assinando tratados de acordo com suas necessidades pessoais. A censura era absoluta. Ninguém no país tinha direitos individuais. Não que os Estados Unidos se importassem com nada disso.

Infelizmente, em março de 1960, o presidente Rómulo Betancourt, da Venezuela, pediu que a Organização dos Estados Americanos repreendesse Trujillo por suas "flagrantes violações dos direitos humanos". Trujillo perdeu a paciência e decidiu dar um fim em Betancourt. O assassinato não funcionou, e os Estados Unidos ficaram preocupados que Trujillo estivesse perdendo a mão.

Depois de 31 anos de rapinagem de Trujillo, os Estados Unidos decidiam agora que precisavam de um novo depenador. Trujillo tinha ficado tão paranoico que estava controlando as bases militares e arsenais dominicanos. Os Estados Unidos concluíram que precisavam importar algumas armas para a República Dominicana.

Em 28 de dezembro de 1960, um homem chamado Plato Cox me disse que precisava dos meus caminhões para enviar mantimentos aos supermercados da República Dominicana. Faltava comida no país porque Trujillo se apropriava de tudo. Os mantimentos consistiam em latas de comida especialmente marcadas e empacotadas. Uma vez que os caminhões chegassem à República Dominicana, um homem chamado Lorenzo Berry abordaria cada um deles e lhes mostraria aonde ir.

Eu não tinha certeza se esses eram os fatos e quem estava enganando quem. Tudo que sabia era que eu era legítimo, porque era poderoso e o poder produz legitimidade neste país.

"As armas estão prontas."

"Por que você está me incomodando com isso? Botou alguém de olho na dama?"

"A dama desapareceu."

"Desapareceu? Quem você botou atrás dela?"

"Ela sabia o que estava fazendo."

"Então ela deve ter tido um motivo para me dizer o que me disse."

"As damas nunca fazem nada por um motivo. Nunca dá para saber por que fazem o que fazem."

"Eu quero dizer que ela deve estar trabalhando para alguém. Alguém que tem o próprio negócio."

"Estou dizendo que nunca dá para saber por que as damas fazem o que fazem. Esquece tudo que ela disse, chefe: ela devia estar delirando, que nem todas as damas. Eu nunca deveria tê-la deixado entrar aqui. Nunca dá para acreditar no que elas falam."

"Ah, é?" Havia gelo na minha alma. "A dama não importa. Não me importo com ninguém."

Toda a minha consciência sempre esteve no que amo, e eu adoro Johnny. Um homem não pode se sentir assim em relação a outro homem. Mas Johnny é meu irmão. Não sinto que eu tenha me entregado para Johnny. Não sinto que tenha tentado escapar da minha própria solidão. Meus negócios são separados dos dele. Forneço armas e outras ferramentas para empresários necessitados. Não é verdade. A verdade é que existo de acordo com o sangue, a força do sangue, em que nasci. Johnny é a única família que ainda tenho. Sei que vai estar ao meu lado, e vou redobrar, triplicar meus esforços para tentar lhe dar tudo que ele queira, ser os músculos dele, porque é aí que está um dos meus centros.

O problema sempre foi que Johnny não é simples como eu, e não me apoia do jeito que eu o apoio. Johnny me diz: "Você é meu irmão. O único tipo de relação entre pessoas que pode existir no mundo são as relações de sangue. Se não fosse pelo sangue, seria cada um por si".

"É, Johnny", eu digo. Ele olha para mim e vai embora. Ele se esqueceu do que estava dizendo. Johnny diz que pode me dar 40 mil no dia que eu quiser. Um mês depois, estou no aperto. Johnny não pode mais me emprestar o dinheiro porque acabou de comprar uma série de cavalos de corrida. Acho que Johnny me odeia. Johnny me liga, quase chorando: por que estou assim, tão paranoico? Eu jantaria com ele no Teddy? Ele tem um compromisso de trabalho. Tem que ir agora.

A ambivalência de Johnny afeta tudo. A ambivalência e o charme. Não sei se confio nele ou não.

Johnny não mata ninguém porque é ambivalente e eu sou um assassino.

Eu havia me esquecido da dama, e por acaso a encontrei de novo. Em uma rua escura, a poluição do ar era tão forte que dava para ver o contorno das luzes. Algum lugar entre a Houston e a Bowery. Não costumo ser encontrado em uma vizinhança tão suja. A dama estava andando na rua, um pouquinho à minha frente.

Acelerei o passo e a alcancei. "Olá", disse.

"Olá", ela murmurou, acelerando o passo.

A luz do letreiro de um boteco vagabundo formava uma diagonal púrpura no rosto dela. "Quero saber por que você me contou que as armas do Vito estavam marcadas."

"Por que quer saber?"

Agora a luz púrpura havia deixado seu rosto. "Ou Vito me enviou armas marcadas e alguém quer que eu saiba disso, e nesse caso preciso descobrir quem é meu amigo anônimo, porque nesse tipo de negócio não existem amigos sem motivo, ou alguém enviou a dama com uma história de araque para nos separar. Então me diga para quem trabalha."

Ela não parecia se importar com as minhas perguntas. "Nem vou vir com a conversa de que Vito me amava, e me descartou, e estou buscando vingança. Digamos apenas que decidi dedurá-lo por motivos pessoais."

"Quer dizer que a dama tem seus próprios negócios. É o único motivo pessoal que eu conheço. Isso não vai ajudá-la. Damas não têm negócios próprios."

"Você quer ouvir mentiras?"

Eu estava ficando enjoado daquela resistência. Era uma resistência idiota, porque não fazia sentido. "Escuta, querida. Você vai me dizer para quem trabalha, quer queira, quer não. Então é melhor começar a falar agora, antes que eu resolva complicar sua vida."

Ela voltou a caminhar, o mais rápido possível. Não havia ninguém na rua. Ninguém para quem correr. Nenhum lugar onde se esconder. "Some da minha vida ou vou chamar a polícia."

Estava escuro. Agarrei-a e a joguei contra o muro. Minhas mãos seguravam seus pulsos, minhas pernas enfiadas no meio das pernas dela. A posição típica do estuprador. "Me diz para quem você trabalha, quem te contratou e por que veio falar comigo. Cansei de brincadeiras."

"Eu já disse. Não trabalho para homem nenhum. Trabalho para mim mesma."

"Vou tentar de novo. Me diz para quem você trabalha, quem te contratou e por que veio falar comigo. Se continuar calada, vou te espancar até você virar pasta."

Ela ficou em silêncio. Bati na cara dela algumas vezes.

"Já falei: estou nos negócios sozinha. Saí com Vito por um tempo. Aprendi os truques, e, quando ele me chutou, decidi usar o que aprendi.

"Achei que você seria mais gentil comigo do que ele."

Quase vomitei. O que ela queria que eu fizesse? Será que esperava que eu fizesse amor com ela como um papai com sua nova menininha? Bati nela repetidamente. Então percebi como ela era resistente. Nem ao menos tentava me contar uma mentira crível. Disse apenas a coisa mais idiota em que pensou, aquela história sobre sexo, e caí como um patinho. Ela jamais me diria nada. Bati mais um pouco nela e a deixei lá. Não sabia se estava viva ou morta.

Acho que não a matei de cara porque esperava que ela se lembrasse de quem eu era.

Voltei para o escritório. Parecia que nada havia mudado. Um depósito grande e vazio com algumas bonecas encostadas na parede à minha esquerda. Entrei na minha sala nos fundos do depósito. Estava um breu.

"Sr. Rocco."

Eu não me mexo. As luzes estão todas ao meu redor.

"Espero que não se incomode por eu ter entrado no seu escritório. Não gosto de esperar na rua. Posso atrair atenção desnecessária."

"Eu sou um homem reservado, sr. Cox, e fico nervoso fácil. Por que invadiu meu escritório?"

"Sr. Rocco, você é um dos homens mais inteligentes com quem já tive o privilégio de trabalhar. Nosso negócio está quase no fim. Não tenho dúvidas de que você vai entender o que vou lhe contar."

A voz dele parecia saída de uma máquina. Olhei para aquela cara de porco e prendi a respiração.

"Pelo fato de vivermos em um mundo complexo, infelizmente somos forçados a agir de uma forma e dizer que agimos de outra. Vou dar um exemplo: alguns meses atrás, Castro deixou que os vermelhos entrassem em Cuba, construíssem bases de mísseis na ilha e enchessem Havana de técnicos. Naturalmente, não poderíamos deixar que isso acontecesse. Agimos diretamente. Invadimos Cuba e, quando fracassamos, ameaçamos bombardear Cuba. Castro, com sucesso, pagou para ver nosso blefe."

"Vocês querem que o Batista volte para continuarem a dividir os lucros com ele e Meyer Lansky. Quem você pensa que está enganando?"

Ele descartou minhas palavras com um gesto. "Claro que o mundo não aceita mais a nossa credibilidade. Não podemos mais agir diretamente. Mas ainda temos que nos livrar de Castro."

"Então por que não manda o Lansky apagá-lo? Lansky é um empresário melhor do que você."

"Vamos pegar outro exemplo:

"A terrível situação do povo da República Dominicana. Nós gostaríamos de ajudar certos patriotas dominicanos a recuperar..."

"Sua pátria amada. Seu negócio é a democracia. Você quer que Trujillo abdique."

"Você não entende, sr. Rocco. Por causa do fiasco da baía dos Porcos, não podemos arriscar outro assassinato, por enquanto. Temos que abandonar nossos planos para Rafael Trujillo.

"Queremos que você fique quieto, sr. Rocco. Muito, muito quieto sobre os nossos negócios."

"Estou cagando para os seus planos contanto que me pague pelos serviços que prestei. Mas se você voltar a invadir meu escritório, ou de algum jeito atrapalhar os meus negócios, vou espalhar esse segredo para o mundo todo."

"É claro que faremos qualquer favor de que você precisar. Porque somos amigos, sr. Rocco. Vamos cuidar da privacidade um do outro." Coloquei meu chapéu e fui embora.

Sonhei que estava nesse avião. O chão se afastava de mim como se estivéssemos a duzentos quilômetros por hora. O céu ficava mais e mais escuro. O vento uivando ao meu redor. Quando volto para terra firme, descubro que dois novos pilotos de correio aéreo, Les e Joe, entraram no espaço aéreo do Holandês. A namorada de Joe é Bonnie Lee. Como piloto-chefe do empreendimento do Holandês, pousos bem-sucedidos e voos contínuos são o meu negócio. Joe está em um avião. O ar se torna neblina. Tento trazer Joe para baixo, mas não consigo. A neblina está muito forte. Joe insiste em pousar, contra a própria sabedoria e racionalidade, porque tem um jantar marcado com Bonnie. Névoa cinzenta. Estou sentado no restaurante com outros pilotos e Bonnie. Ela me pergunta se é a culpada pela morte de Joe. "Claro que foi culpa sua. Você tinha um jantar marcado com ele, o Holandês o contratou, eu o coloquei na agenda, a névoa chegou, uma árvore apareceu no meio do caminho. É tudo culpa sua." Os bifes que Bonnie pediu para ela e Joe chegam. Pego o bife de Joe. Bonnie pergunta: "Você vai comer?". Eu digo: "O que você quer que eu faça, recheie?". Bonnie diz: "Era o bife do Joe". "Quem é Joe?" Olho para o bife. Então Bonnie e eu cantamos "El manisero" para marcar a iniciação dela no fato de que vivemos à beira da morte. Não nos esquecemos da morte de Joe. Estamos gritando nosso desafio para a escuridão que cerca a vida humana e o caos do universo. Então Kid, meu melhor amigo, cuja visão tem falhado e ainda assim não para de voar, sofre uma queda fatal. Enlouqueço. Na minha loucura, percebo que amo Bonnie: preciso do mundo de sentimentos descontrolados e do compromisso social que existem nela.
"Johnny."
"Ahn?"
"O que você está fazendo aqui?"

"Estou tendo um pesadelo. Você às vezes se preocupa?"

"Ahn? Confio no seu chefe. Você comanda uma família poderosa. Voltei para esclarecer as coisas."

"Você voltou para esclarecer as coisas. Eu acho que vou morrer em breve."

"Está preocupado com os problemas do Vito, chefe? Por que não dá férias a ele?"

"Não estou preocupado com ninguém. Nem com a dama. Nem com Vito. Nem com aquela maldita venda de armas que caiu. Só acho que está tudo terminado. Acho que Johnny Rocco não é mais útil."

"Meu cunhado me contou uma piada ótima. Tem essa senhora, sabe, que vive no Brooklyn. O jardim dela fede cada vez mais. Ela vê um gambá correndo pela cozinha, prende o gambá em uma bolsa e leva a bolsa até o ponto de ônibus mais perto. Diz ao motorista do primeiro ônibus que aparece: 'Olha, motorista. Me diz quando a gente chegar ao fim da linha. Nessa bolsa tem um gambá que está deixando tudo fedido lá em casa, então quero levá-lo o mais longe possível'. O motorista diz para a senhora se sentar no fundo do ônibus. Algum tempo se passa. O motorista então grita: 'A senhora da coisa fedida pode descer, por favor?'. Todas as mulheres do ônibus cruzam as pernas o mais forte que conseguem. Seis saem correndo pela porta de trás."

"Eu acho que estou morto. Não ligo mais para quem eu espanco. Nem ligo mais se espanco alguém. Posso só sentar a bunda e não fazer nada ou posso destruir o mundo, e não vou nem notar a diferença. Sou um fantasma vagando por uma terra fantasma feita do meu próprio lixo."

"Você não me parece morto, chefe. Dois caminhões novos vão chegar amanhã."

"Tenho armas e facas. Posso fazer o que quiser. Tenho homens que têm armas e facas. Posso mandá-los fazer qualquer coisa. Tenho todo o dinheiro de que preciso. Planejei assim. Calculei as etapas. Posso fazer qualquer movimento, porque sei como criar a realidade do jeito que eu quiser, e todos vão ter que aceitá-la como realidade." "Os caminhões serão os maiores que já tivemos. Os rapazes vão querer celebrar." "Como posso lutar contra mim mesmo? Como posso começar a verdadeira batalha mortal de todos os tempos? Cansei de fingir. Talvez esteja enlouquecendo, como o Joey Gallo quando matou os quatro homens de confiança do Profaci."

Eu estava parado na entrada do escritório. Vi uma rajada de balas atravessar as janelas. Pedaços de vidro voando. Um corpo me jogou no chão.

"Você quer morrer?"

"Fica quieto." Vejo as balas indo de um lado para outro até as janelas estarem totalmente abertas. Vejo uma arma no chão.

Depois de um longo silêncio, vou até a arma. Uma mensagem enrolada na arma diz que tenho que prestar atenção no que estou fazendo: estou me esquecendo das boas maneiras. Não deveria ter batido na garota.

Acho que a garota está viva e tem quem a proteja.

"Parece que você está procurando encrenca, Johnny."

Eu tinha que encontrar a garota. Imaginei que estivesse com Vito ou com os bandidos que me contrataram para cuidar da República Dominicana. Quando já tinha me afastado três quadras do depósito, me deparei com ela à espreita na esquina de um prédio.

"Eu estava à sua espera."

Olhei para ela, que tinha o rosto quase inteiro enfaixado. Gostei do que vi. "Não quero ser visto com você em público. Temos que ir para a minha casa."

"Tenho que lhe contar uma coisa importante", ela disse. "Estou com medo."

Eu a levei para casa e ofereci a poltrona bamba em frente ao sofá de couro para ela se sentar. Então passei um café.

"Decidi contar para quem estou trabalhando."

Eu trouxe o café. "O que aconteceu depois que te dei aquela surra?"

"Um dos meus chefes estava me seguindo. Ele me pegou e perguntou por que você tinha batido em mim."

"Quer dizer que ele não tentou me impedir."

"Não seja bobo. Eu disse que você estava tentando descobrir para quem eu trabalhava. Como não contei, você decidiu me espancar. Ele não acreditou."

"Ahan. Então agora você está com medo. Vem correndo para mim." Havia algo de estranho nos olhos dela.

"Ele disse que ia te matar porque você não estava obedecendo às ordens, e que ia me matar também."

"Não estou obedecendo às ordens? Você deve trabalhar para os caras do governo que me contrataram para enviar armas para a República Dominicana. Eles te enviaram com aquela história sobre o Vito para tentar me forçar a romper com ele e poder me controlar melhor."

"Eu só fiz o que eles mandaram. Eu trabalhava para eles."

"Você parecia tão forte. E agora vem correndo para mim só porque seu chefe te ameaçou de morte. Mesmo com todas as ataduras, ainda não gosto de você."

"Você tem que acreditar em mim. Estamos enfrentando gente muito mais forte do que nós. Depois que contei a história ao meu chefe, ele foi embora. Fiquei deitada lá no escuro. Ouvi dois homens conversando sobre o Giancana. Giancana era o principal capo de Chicago, por trinta anos ninguém conseguiu matá-lo. Os chefes o contrataram para ajudar no assassinato de Castro. Quando não deu certo, porque não conseguiam confiar nele, atiraram na garganta, na boca e na nuca do Giancana.

"Eu vim para cá."

Não gostei do paralelo que ela fez entre mim e Salvatore Giancana.

"Você não pode lutar contra eles, Johnny. A única coisa que pode fazer é fugir. Você tem amigos suficiente para ajudá-lo a tirar umas férias semipermanentes."

"E você vai comigo porque precisa de proteção." Comecei a falar comigo mesmo em voz alta. "E quanto ao Vito? Preciso da ajuda do Vito." Olhei para o rosto enfaixado. "Os seus chefes estavam tentando me separar de Vito ou operavam em conluio com Vito?"

"Não sei. Nunca vi o Vito."

"Eu tenho que descobrir. Tenho que saber se posso contar com a ajuda dele."

Eu me virei para ela. "Agora estou nas suas mãos. Quero que você vá até seus chefes e descubra se estão trabalhando com o Vito." Pensei por um minuto. "Isso vai me mostrar se posso confiar em você e te levar comigo."

"Não tenho escolha."

"Você pode dormir aqui. Tenho que falar com o Vito agora." Joguei um cobertor para ela. "Assim que acordar, vá direto até seus chefes."

"Mamãe sempre gostou mais de você do que de mim."

Eu estava perplexo com um homem adulto falando comigo tão honestamente. "Não acho que isso seja verdade. Ela me usava de chicote para te forçar a fazer o que ela queria."

"Ela queria que eu fosse igualzinho a você. Você era inteligente, forte e bonito. Sabia o que estava fazendo. Eu era burro."

"Ela só estava usando quem você achava que eu era para te controlar. Você era tão burro que aceitava tudo que ela dizia."

"Ela se importava mais com você do que comigo."

"A verdade é que ela me odiava. Você nunca soube disso. Quando tinha dezenove anos, ela era bem rebelde. À noite, escapava dos pais, que eram bem rígidos, e trepava com qualquer um que encontrasse. Ela se apaixonou loucamente por um cara. Talvez eles até tenham se casado. Quando ela estava grávida de três meses, ele sumiu."

"Grávida de você?"

"Ela disse que ele fugiu por causa da gravidez. Nunca mandou nenhum dinheiro nem quis me ver. Então, quando eu tinha um ano, ela se casou com um cara que desprezava."

"Ela deve ter te amado também. Você era tudo que tinha sobrado do cara que ela havia amado. Eu era o filho do vegetal vagabundo e preguiçoso que ela tinha que sustentar. Não era à toa que ela me desprezava."

"Ela talvez tenha me amado quando eu era criança. Eu era igualzinho a ela, tirando o fato de ser homem, e você era igualzinho ao seu pai idiota. Mas assim que comecei a transar por aí, ela passou a me odiar."

"Eu não entendo, Johnny."

"Ela tentou me matar, é sério. Tive que fugir dela para ficar com outra mulher."

"Sempre achei que você odiasse as mulheres."

"Isso foi antes de eu concluir que as mulheres são burras demais e só estão interessadas no próprio conforto. Ela contratou um detetive de quinta categoria, deu a ele uns soníferos para que ele me apagasse, me enfiasse no carro e me levasse para casa. Eu testei os comprimidos. Eram veneno."

"Ela é louca porque sempre quis um homem e nunca conseguiu. Você não pode culpá-la pelo modo como ela agiu."

"Você ainda a ama. Eu também. Ela é realmente linda."

Fiquei surpreso ao ouvir Johnny falar aquilo. Eu sempre soube que ele era um pouco frio e tinha dificuldade para aceitar os sentimentos. Enquanto eu sou burro, mas sinto as coisas com muita força.

"Vito, vim perguntar sobre as armas que você me enviou."

"Ahn? Você não recebeu ainda?"

"Sim. E uma dama veio com elas."

"Eu achava que você não tinha namoradas, Johnny."

"A dama me disse que as armas estavam registradas pela polícia. Então eu descobri que ela estava trabalhando para o governo."

"Você acha que eu estou trabalhando para eles? Eu não faria isso."

Eu podia ver a mágoa em seus olhos. "Você é meu irmão. Não acho que conspiraria contra mim, a menos que achasse que dessa maneira se tornaria *capo di tutti capi*. Estou numa enrascada, Vito. Preciso sair da cidade hoje e ninguém pode saber."

"Você sabe que eu vou te ajudar, Johnny. Venha me ver na loja às oito da noite. Vai estar tudo pronto. Vou estar no depósito o dia todo se você precisar de mim."

Coloquei a mão na face dele e o beijei.

Quando saí para a rua, o sol estava nascendo.

A maioria dos meus homens já estava no depósito quando entrei.

"Johnny, tem um cara aqui da United Fruit Company."

"Diz para ele esperar. Os caminhões chegaram?"

"Sim, e são uma beleza. Nunca tivemos caminhões tão grandes, e eles se comportam como prostitutas felizes."

"Quanto maiores eles forem, maior eu fico." Eu estava me sentindo bem. "E agora chega aqui a United Fruit Company, a única empresa de bananas que utiliza trabalhadores gratuitos.

"Você sabe por que eles estão atrás de mim? Eu sei como mover as peças. Comecei do nada. Era um bosta na rua como todos vocês ainda são. Ainda moleque, vi tudo com clareza: se eu não seguisse adiante e conquistasse as coisas por mim mesmo, ninguém ia conquistar nada por mim. Era tudo escuro, um nada, um buraco. Só mexi algumas peças. Eu não era mais inteligente do que vocês, só tinha mais coragem. Vi que não importavam os movimentos que eu fizesse, porque eram todos burros demais, uns paspalhos que só ficavam ali de bunda sentada.

"Eu sou a verdadeira burguesia, porque sou o único que cria os caminhos que todos nesta sociedade seguem."

"O cara da United Fruit disse que gostaria de falar com você agora, porque precisa voltar para a doca..."

"Claro que há outros caras que sabem o bastante para criar caminhos que funcionem. Os caminhos deles não são os meus porque eles não são eu. Mas ninguém, nenhuma família cruzou o meu caminho e venceu. Meu território funciona e continua intocável porque sei bem como lidar com o mundo. Sou um cara complexo e trabalho com a mesma complexidade que vejo. É isso que é poder de verdade."

"Ei, chefe, vai falar com o cara da banana. Ele acha que está sendo ofendido porque tem um pau muito pequeno."

"Você não pode impor a sua vontade no mundo. Não pode sair por aí atirando nas pessoas e esperar que assim vai conseguir tudo que deseja. Isso é ser jagunço de alguém. Anastasia só durou tanto porque Frankie o apoiava. Eu estudei tudo isso. É preciso saber como o mundo funciona. É preciso saber exatamente quais são as forças com que você está lidando, para saber quando é o momento de se curvar, de se esconder e de matar. O governo é um grupo forte, então tenho que tirar umas pequenas férias. Sei quando me curvar. Também sei que, no longo prazo, eles dependem de mim, porque posso fazer o trabalho que eles não podem.

"Um homem consciente pode criar a sua trajetória no mundo."

"Chefe, tem alguém ao telefone dizendo que está te enviando um presente."

"Por que você vem me falar dessas merdas de ligações, idiota?" Dei um tapa na cara dele. "Estou conseguindo tudo que sempre quis. Agora os grandes importadores estão vindo até mim."

"O cara da banana está esperando no escritório."

Quando cheguei à porta do escritório, ouvi um barulho. Vi uma janela arrebentada e os cacos de vidro espalhados no chão. Também no chão, vi um objeto redondo, metade branco, metade vermelho.

Eu sabia o que era antes mesmo de ver direito. A cabeça da dama. A que trabalhava para o governo. Antes a dela que a minha.

Escutei uma voz atrás de mim. Soava como Cox.

"Parece que você é burro. Pedimos para ficar de boca fechada, e você foi atrás daquela garota. Talvez estivesse a fim dela e não tenha conseguido resistir ao ardor viril."

"Então ela disse que estava trabalhando para mim."

"Aposto que você é um pouquinho burro, Johnny, e nós somos mais poderosos."

Ouvi alguns tiros atrás de mim e o barulho de corpos caindo. Gritos agonizantes.

"Você foi um bom empresário, Johnny. Mas está ficando muito descuidado com os negócios, então vamos ter que cuidar deles para você."

Eu me virei. Agora, em vez de cacos de vidro, sangue, carne e tripas cobriam o chão. Nenhum dos meus homens parecia vivo.

"Nós vamos começar a cuidar dos carregamentos em vez de contratar gente como você. O individualismo forte é o ideal estadunidense."

"Você matou Vito?"

"Vamos limpar essa bagunça." Larguei minha arma e andei até o cadáver mais próximo. Mandei um dos meus homens pegar uma vassoura e começar a limpar.

Eles não iam nem mesmo me matar. Saí correndo do depósito. Não tinha ideia de para onde ir. Continuei correndo.

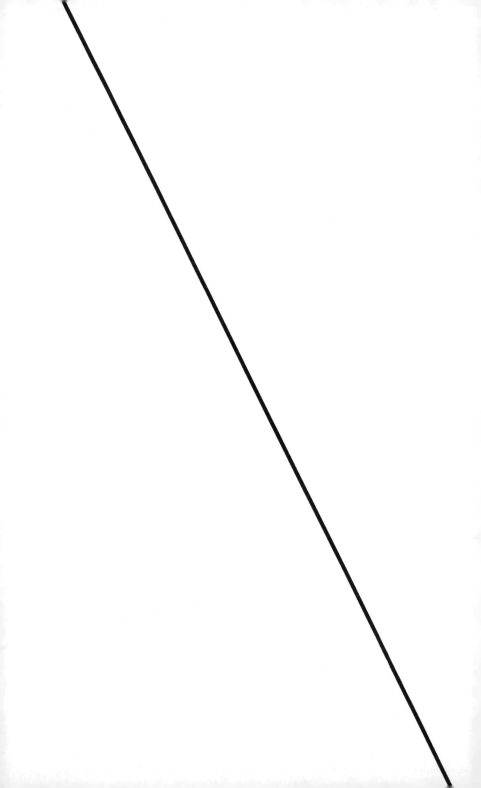

The Adult Life of Toulouse Lautrec © 1975 by Kathy Acker© desta edição, crocodilo edições, 2024

FICHA TÉCNICA

Tradução
Drump goo

Preparação
Diogo Henriques

Revisão
Daniel Rodrigues Aurélio

Projeto gráfico
Leandro Lopes

Capa
Lou Barzaghi

FICHA CATALOGRÁFICA

Dados Internacionais de Catalogação na Publicação (CIP) de acordo com ISBD

A182v Acker, Kathy

A vida adulta de Toulouse Lautrec: por Henri Toulouse Lautrec / Kathy Acker ; traduzido por Drump Goo. – São Paulo : crocodilo, 2024.
132 p. ; 14cm x 21cm.
.

Tradução de: The Adult Life of Toulouse Lautrec
Inclui índice.
ISBN: 978-65-88301-25-8

1. Literatura americana. 2. Cultura punk. 3. Literatura queer. I. Drump Goo. II. Título.

2024-385

CDD 810
CDU 821.111(73)

Elaborado por Vagner Rodolfo da Silva - CRB-8/9410
Índice para catálogo sistemático:
1. Literatura americana 810
1. Literatura americana 821.111(73)

CROCODILO EDIÇÕES

Coordenação editorial
Marina B Laurentiis
Lou Barzaghi

crocodilo.press
crocodilo.edicoes
crocodilo_ed

FONTE Arnhem e Impact
PAPEL Pólen 80 g/m²
IMPRESSÃO Forma Certa